KB275756

다 읽고 탁 덮고 싹 잊는다면?

다 읽고 탁 덮고 싹 잊는다면?

29가지 질문으로 완성하는 읽기와 쓰기

다 읽고 탁 덮고 싹 잊는다면?

초판 1쇄 펴낸날　2025년　4월 25일
초판 2쇄 펴낸날　2025년 10월 15일

지은이　김화수
펴낸이　홍지연

편집　홍소연 고영완 이태화 김지예 이수진 정유나
디자인　이정화 박태연 정든해 이설
마케팅　강점원 원숙영 김신애 김가영 김동휘
경영지원　정상희 배지수

펴낸곳　㈜우리학교
출판등록　제313-2009-26호(2009년 1월 5일)
제조국　대한민국
주소　04029 서울시 마포구 동교로12안길 8
전화　02-6012-6094
팩스　02-6012-6092
홈페이지　www.woorischool.co.kr
이메일　woorischool@naver.com

ⓒ 김화수, 2025
ISBN 979-11-6755-324-9 (43800)

• 책값은 뒤표지에 적혀 있습니다.
• 잘못된 책은 구입한 곳에서 바꾸어 드립니다.

만든 사람들
편집　이태화
디자인　정든해

다 읽고 탁 덮고 싹 잊는다면?

29가지 질문으로 완성하는 읽기와 쓰기

김화수 지음

우리학교

읽었다는 착각에 빠지지는 않았나요?

안녕하세요? 저는 통영의 작은 책방에서 독서 교실을 운영하는 김화수입니다. '고양이쌤 책방'이라는 이름 때문에 '고양이쌤'을 줄여 '냥쌤'이라고 불리고 있어요. 어린이부터 청소년, 성인까지 매주 100여 명의 사람들과 책을 읽고 토론하고 글도 씁니다. 벌써 14년째네요.

독서 모임을 하다 보면 책 읽기를 즐기고 잘 읽는 학생도 있지만 그러지 않은 학생도 많습니다. 책에 있는 글자를 '다' 읽었으니 '잘' 읽었다고 착각하는 학생도 있고요. 정말 잘 읽은 것일까요?

지금 주위에 있는 아무 책이나 붙잡고 소리 내 읽어 보세요. 하필 외국어로 된 책만 아니라면 잘 읽어 나갈 수 있을 거예요. 기호를 해독하는 단계인 거죠. 그런데 방금 읽은 글이 무슨 의미인지 말해 보라고 하면 멈칫하며 다시 찾아보게 될 겁니다. 해석하며 읽지 않으면 책이란 그저 '흰 바탕에 검은 무늬' 그 이상도 이하도 아닙니다.

　유은실 작가의 『순례 주택』은 16세 오수림이 생활력 떨어지는 가족을 이끌고 외할아버지의 여자 친구인 75세 김순례 씨의 빌라로 들어가면서 벌어지는 이야기입니다. 수림이에게 순례 씨가 말하죠. "자기 힘으로 살아 보려고 애쓰는 사람이 어른"이라고요. 이 말에 어려운 낱말은 없어요. 그러나 해석하기 쉬운 말은 아닙니다. 일단 어른이 무엇인지 생각해봐야 하고, 자기 힘으로 산다는 게 무슨 뜻인지 고민해야 합니다. 독립적인 사람을 말하는 걸까요? 돈을 벌어 스스로 먹고살아야 어른이란 뜻일까요? 그럼 일할 수 없는 사람은 나이가 차도 어른이 될 수 없는 걸까요? 이 말을 해석하려면 자기 힘으로 살아간다는 의미를 곱씹어 봐야 합니다.

　줄거리만 따라가며 읽는 독서는 큰 의미가 없습니다. 누군가에게 책 내용을 그대로 전달할 게 아니라면 좀 잊어버려도 되지요. 책 속에서 건져 올려야 할 가장 큰 가치는 '의문'입니다. 한번은 학생들과 오승현 작가의 『인공 지능 판사는 공정할까?』에 나온 '장애인 이동권 시위, 꼭 출근 시간에 해야 할까?'라는 주제로 이야기를 나누었습니다. 장애인 이

동권 시위는, 장애인의 사용을 고려하지 않은 대중교통 시설의 개선을 요구합니다. 전국장애인차별철폐연대 같은 단체는 출퇴근 시간에 서울의 주요 지하철역에서 장애인의 탑승이 얼마나 불편한지를 보여 주는 일명 '탑승 시위'를 벌이기도 하죠. 이에 몇몇 학생들은 다수의 이득을 위해 소수가 참아야 한다고 말했어요. 출근길에 시위를 하면 사회가 발전할 수 없다고 하더군요. 저는 그 학생이 생각하는 '발전'이 무엇인지 궁금해졌습니다.

"근데 왜 발전해야 해?"

"당연한 거 아녜요? 다들 발전을 위해 열심히 공부하고 일하잖아요. 발전을 해야 우리가 편하게 사는 것이고요."

"네가 생각하는 발전은 뭐야?"

"부가 늘어나고 편의 시설이 많아지고 그런 거죠."

"경제 발전만 발전일까? 인권의 발전은, 동물권 발전은 어때? 그런 건 발전이 아닌가?"

"그것도 발전이긴 한데…… 경제가 발전해야 다른 것도 발전시킬 돈이 생기니까, 가장 중요한 게 경제잖아요!"

누구 말이 옳은지 따지는 게 아닙니다. 발전은 더 나은 상태로 나아간다는 의미인데, 왜 우리는 발전을 돈이나 숫자로만 생각할까요? 앞의 대화에서 발전의 의미를 확장해서 생각해 본 것처럼 늘 수긍했던 것들에 물음표를 붙이고 다양한 질문을 끄집어낼 수 있을 때 잘 읽었다고 할 수 있습니다. 자기 나름의 생각도 정리하면 더욱 좋고요. 정답이 있다는 게 아닙니다. 적어도 고민은 해 보아야 합니다. 저는 책방 수업에서 이런 질문과 대화로 토론한 뒤 마지막에 자기 생각을 글로 써 보는 시간을 갖습니다. 학생들이 가장 싫어하는 시간이지요.

글쓰기 시간의 학생은 크게 세 가지로 나눌 수 있어요. 글쓰기에 관심 없다는 유형, 쓰기 싫지만 써야 할 것 같다는 유형, 잘 쓰고 싶지만 어떻게 써야 할지 모르겠다는 유형입니다. 물론 각 유형마다 글쓰기 지도법도 달라집니다.

글쓰기에 관심 없다는 학생에겐, 일단 잘 쓰면 어떤 점이 좋은지를 이야기하고 짧은 글부터 쓰게 합니다. 의미나 목적 같은 걸 따지지 않고 일단은 손가락 힘부터 키우는 거죠. 의외로 손이 아파서 쓰기 싫어하는 학생이 많거든요. 그래서 일단 짧은 글쓰기로 손 근육 키우기부터 시작합니다.

글쓰기는 싫지만 써야 할 것 같다는 학생에겐 글을 구성하는 법을 가르칩니다. 이런 학생들은 빨리 쓰고 싶은데 '처음-중간-끝'에 각각 어떤 내용을 넣을지 고민하는 시간이 길고, 대부분은 그 시간을 참지 못하고 포기합니다. 단순한 구성으로 효율적으로 쓰는 법만 알려 줘도 생각이 바뀝니다. '어, 막상 해 보니 별거 아니네!'라고요.

마지막으로, 잘 쓰고 싶지만 어떻게 써야 할지 모르겠다는 학생이야말로 가르치기 가장 어렵습니다. "아니, 잘 쓰고 싶어 하는 학생이 왜 더 어려워요?" 하고 의아하게 생각하실 수 있어요. 앞의 두 유형의 학생은 그저 글쓰기를 해낸 것만으로 만족한다면, 세 번째 유형의 학생은 결과물에 대한 평가에 신경을 씁니다. 그러다 보니 망설이는 시간이 길어지고 쓴 것을 남에게 보여 주고 싶어 하지도 않아요. 책방에서 수업하다 보면 이런 학생을 가장 많이 만나게 됩니다. 왜냐면 앞의 두 유형의 학생도 쓰다 보면 점차 마지막 유형으로 오기 때문이죠. 일단 잘 쓰고 싶다는 욕망은 아주 좋아요. 드디어 자기만족을 벗어나 타인에게 잘 읽히는 글을 쓰고 싶다는 생각이 든 것이니까요.

골치 아픈 글쓰기, 어떻게 훈련해야 할까?

글쓰기는 괴롭지만, 글쓰기를 못하면 더 괴롭습니다. 얼마 전 한 학생이 "선생님, 제 썸남이 누구나 다 아는 맞춤법을 틀리거든요. 그래서 좀 설렘이 식는달까?"라고 고민을 말하더군요. "뭘 틀리는데?"라고 물으니, "걔는 '깨닳았다'를 '깨달았다'라고 써서 제가 고쳐 줬어요."라고 대답했어요. 저는 잠시 침묵했습니다. 진실에 직면했을 때 계속 '썸'을 유지할 수 있을지 걱정이 되었거든요. 그냥 "너 없이 살 수 없단 걸 '깨닳았어'." "나도 '마찮가지야'."라며 '꽁냥거리게' 뒤도 되겠지요. 뭐 이거야 맞춤법 실수일 뿐이니까요.

그러나 핵심 주제를 제대로 전달하지 못하는 글쓰기는 문제가 될 수 있습니다. 사회적으로 물의를 일으킨 공인이나 유명인이 쓴 반성문을 보면 가슴이 답답해질 때가 종종 있어요. 반성문이란 자기 잘못을 돌이켜 보고 쓰는 글이잖아요? 그런데 "상처를 줄 의도는 없었다." "상처를 받았다면 미안하다." 같은 말로 반성문의 목적을 흐려 읽는 사람을 헷갈리게 하는 글이 있습니다. 사과와 반성이 아니라 변명과 회피를 위한 글쓰기가 아닐까 하는 생각이 들 정도예요.

그렇다면 어떤 글쓰기 훈련을 하면 좋을까요? 일단 일기라도 쓰면 도움이 될까요? 아예 안 쓰는 것보단 낫지만 저는 추천하지 않아요. 일기는 나만 보려고 쓰는 글이라 논리적이고 설득력 있게 정돈된 글을 쓰기에 적절한 형식이 아니거든요. 그렇다고 당장 논설문이나 설명문 같은 글을 쓰라고 하면 아마 지금 당장 책을 탁 덮고 도망가는 독자들이 있을 겁니다.

저는 단언컨대 '책을 읽고 생각하고 글로 써 보는' 독후감이나 서평이야말로 글쓰기를 연습하기에 가장 좋은 방법이라고 외칩니다! (여기까지 오는 데 '빌드 업' 장난 아니죠?) 특히 독후감은 사적인 글과 공적인 글의 딱 중간에 있는 글입니다. 자기 감상을 쓰는 글이라 사적인 글에 가깝지만, 책의 내용에 따라 객관적인 판단과 의견을 적게 되니까요.

독후감은 내가 주인공인 글쓰기

독후감과 서평은 책을 읽은 후 쓰는 글이라는 점에서 비슷하지만, 엄밀하게 말하면 전혀 다른 글입니다. 독후감은 '나의 감상을 쓰는 글'이고, 서평은 '책을 평가하는 글'이에요. 저는 학생들에게 독후감은 책을 읽은 '나'에 대해 쓰는 글이고, 서평은 내가 읽은 '책'에 대해 쓰는 글이라고 설명합니다.

독후감의 주인공은 '나'입니다. 그래서 글을 쓸 때 주어도 '나'여야 합니다. '나와 같은 나' '나와 다른 나' '내가 되고 싶

은 나’ ‘되고 싶지 않은 나’ ‘되어야 할 나’ ‘되지 않아야 할 나’
를 발견하고 발명하기 위해 책을 읽고 글을 쓰는 것이 독후
감이에요. 그래서 비교적 주관적인 글이라고 할 수 있어요.

반면 서평은 책 자체에 대해 생각해야 합니다. 작가의 의
도와 책의 가치를 내 입장에서뿐만 아니라 대다수 독자를
기준으로 사고해야 합니다. 같은 장면을 보고 ‘학창 시절에
따돌림당한 적이 있어서 이 책의 폭력 묘사가 끔찍하게 느
껴졌다.’라고 쓸 수도 있고, ‘폭력 묘사가 지나쳐서 비슷한
경험이 있는 사람에게 아픈 기억을 상기시킬 수도 있을 것
같다.’라고 쓸 수도 있습니다. 전자는 독후감에, 후자는 서평
에 어울리는 문장이죠.

즉, 독후감은 평생 한 권의 책만 읽은 사람도 쓸 수 있어요.
그 책을 읽는 순간의 나 자신에게만 몰입하면 한 편의 독후
감을 쓸 수 있기 때문이죠. 다른 사람의 마음을 추측해서 쓰
기는 어려워도 내 마음에 대해 쓰는 건 쉽잖아요? 다른 책과
비교할 필요도 없고, 다른 사람의 감상에 신경 쓸 필요도 없
어요. 독후감을 잘 쓰게 되면 거기서 주관적인 감상을 빼고,
객관적인 평가를 더해 서평으로 고쳐 보는 것도 좋습니다.

책을 읽으며 쌓는 경험도 좋은 경험

저는 경험을 이길 수 있는 글은 없다고 생각하는 사람입니다. 온갖 미사여구와 각종 지식을 동원한다 해도 경험을 이길 지식은 없거든요. 많은 학생이 환경 관련 책을 읽으면 얕고 피상적인 글을 씁니다. 진심으로 기후 위기를 위기라고 생각하지 않기 때문이죠. 책에서는 큰일이라고 하긴 하는데 뭐가 큰일인지 모르겠고, 성적, 진로, 친구 문제 등 내 발등에 떨어진 불이 더 급하기 때문입니다.

그런데 만약 우리가 남태평양의 산호섬 투발루의 국민이라고 생각해 봅시다. 기후 위기 책이 어떻게 읽힐까요? 기후 변화로 집이 물에 잠긴 사람이 쓰는 독후감은 '일회용품을 사용하지 않도록 노력하겠다.' '생각 없이 전등을 켜 두지 않겠다.' 같은 내용의 독후감과 비교할 수 없을 겁니다. 그렇다고 독후감을 잘 쓰자고 녹고 있는 빙하 위로 이사할 수도 없는 노릇이죠.

방법이 없는 건 아닙니다. 꼭 나의 경험만 경험은 아니거든요. 책을 읽고 공감할 수 있다면 내 경험이 될 수 있습니다. 예전에 글쓰기 모임에서 김남중 작가의 『불량한 자전거 여행』을 읽고, 부모님의 이혼으로 힘들어하는 주인공 이야기를 함께 나눈 적이 있어요. 그때 한 학생이 자기 부모님은 사이가 좋아서 싸우는 걸 한 번도 못 봤다고, 그래서 주인공의 처지를 이해하기 힘들다고 하더군요. 저는 그 학생에게 그 마음 역시 경험이 될 수 있다고 했고 학생은 다음과 같은 감상을 남겼습니다.

나는 주인공의 마음이 잘 이해되지 않았다. 그래서 선생님께 "저희 부모님은 사이가 좋아서 이렇게 싸우는 것도 이해가 안 되고, 주인공 마음도 잘 모르겠어요."라고 말했다. 그런데 말하고 나서 후회했다. 그 자리에는 부모님 사이가 나쁘거나 이혼해서 마음이 힘든 친구가 있을 수 있는데 내가 무심코 한 말이 그 친구에게 상처가 될 수도 있다는 생각이 들었기 때문이다.

경험이란 매우 거창한 게 아니라는 말을 하는 것입니다. 책을 읽고 공감하고 자기만의 생각과 감정을 갖는 경험을 쌓는 것도 나의 경험을 늘리는 과정이니까요.

이제부터 제가 다년간 책방 수업으로 쌓은, 제대로 읽고 두려움 없이 쓰는 비법을 공개하겠습니다! 제가 수업에서 학생들에게 건네는 생각 질문 중 감상에 도움이 되었던 스물아홉 가지 질문을 뽑아서 책에 정리했습니다. 질문에 따라 알맞은 예시문도 넣었는데 실제로 책방 학생들이 썼던 독후감 일부를 허락받고 실었으니 함께 살펴보면 도움이 될 것 같아요. 오래 저랑 같이 읽고 토론했던 몇몇 친구들의 글이고, 일부는 아주 오래전에 과제로 받은 글을 제가 살짝 수정해서 실은 것입니다. 스물아홉 가지 질문은 순서에 상관없이 읽어도 되지만, 끝까지는 읽어 주세요. 나만의 생각을 발견하는 데 도움이 될 거예요. 그럼 이제 나만의 감상력을 끌어올리는 냥쌤의 독서 수업을 시작해 볼까요?

차례

책과 첫 만남
이 책은 어떤 내용이지?
1장

책 세상에 온 걸 환영해!

제목에 어떤 의미가 숨겨져 있을까?

여러분이 출판사 편집자 혹은 마케터라고 생각해 보세요. 지금 여러분이 읽고 있는 이 책의 제목을 뭐라고 지을 건가요? '읽고 쓰기의 정석' '읽고 쓰기 맛집' '읽고 쓰는 법, 게 섰거라!' 등등 수많은 제목 후보를 놓고 고민의 밤을 지새우게 될 겁니다. 어떤 제목이어야 독자들의 눈길을 사로잡을 수 있을지, 제목 짓기는 쉽지 않은 과제입니다. 그 결과 나온 이 책의 제목, 마음에 드시나요?

제목을 허투루 짓는 출판사나 작가는 아마 없을 거예요. 제목은 책의 모든 것을 이야기한다고 해도 과언이 아니기 때문입니다. 지식 교양서의 제목은 책 내용을 직접적으로 알 수 있게끔 짓는 게 좋겠지요. 『노동 없는 미래, 새로운 복지가 필요해』라는 제목을 보세요. 노동이 사라지면 그냥 놀고먹게 되는 게 아니라 일자리가 줄면서 직업이 없는 사람이 생기고 빈부 격차가 커질 수도 있기 때문에 그에 걸맞은 새로운 복지 제도가 필요합니다. 그에 대한 대안을 담은 책이란 걸 제목만 봐도 짐작할 수 있습니다.

소설이라면 제목에 상징적 의미를 담을 수 있을 거예요. 루리 작가의 『긴긴밤』은 가족을 잃은 코뿔소와 아기 펭귄이 수많은 긴 긴 밤을 함께하며 자신의 세계를 찾아가는 이야기입니다. 여러분은 '기나긴 밤'이라는 말을 들으면 어떤 이미지가 떠오르나요? 밤은 보통 어둡고 고통스러운 세계를 상징합니다. 게다가 길고 길다니 절망스럽군요. 하지만 이 책에서 밤은 결코 절망의 세계가 아닙니다. 그 기나긴 밤 동안 코뿔소와 펭귄은 긴 대화를 나눕니다. 아기 펭귄이 알이었던 시절, 그 알을 살리기 위해 최선을 다했던 존재들에 대한 이야기, 부모를 잃고 코끼리 고아원에서 자랐던 코뿔소가 코끼리들로부터 받은 사랑에 대한 이야기. 제목인 '긴긴밤'은 결국 서로를 존재하게끔 했던 거대한 사랑의 이야기를 나누는 밤이죠.

이금이 작가의 소설 『알로하, 나의 엄마들』이라는 제목은 어떤가요? 내용을 전혀 모른 채 제목이 주는 느낌만 한번 떠올려 보세요. '알로하'라는 말이 생소하면 검색을 해 봐도 됩니다. 하와이 인사말인데, '숨결을 나눈다.'라는 속뜻이 있다고 해요. 그렇다면 이 제목을 엄마들에게 하는 인사로 해석할 수도 있지만 '엄마들과 숨결을 나눈다.'라고 해석할 수도 있겠네요. 그런데 왜 '엄마'가 아니라 '엄마들'일까요? 주인공에게 엄마가 둘일까요? 혹은 엄마의 엄마의 엄마를 의미하는 걸까요? 지금의 나를 있게 한 수많은 과거의 엄마들에게 받은 숨결을 의미하는 게 아닐까 짐작해 볼 수도 있을 겁니다.

가치를꿈꾸는과학교사모임이 쓴 『지구가 너무도 사나운 날에는』은 지식 교양서지만 문학적인 제목을 달고 있습니다. 보통 '환경 오염' '기후 위기'라는 말을 들으면 인간이 지구를 파괴한다고, 즉 인간은 능동적, 지구는 수동적 입장으로 생각하기 쉽죠. 그런데 이 제목에서는 관계가 역전되어 마치 지구가 당하고만 있지 않겠다는 듯 화를 내는 것 같습니다. 폭염과 폭우 같은 이상 기후를 떠올려 보세요. 실제로 지구가 사납게 변하고 있습니다. 지구를 능동적으로 표현한 제목 덕분에 우리는 지구를 그저 땅덩어리가 아닌 살아 있는 생명체의 총합으로 느끼게 됩니다.

　이처럼 책을 읽기 전 제목을 보고 첫 생각을 떠올리고, 의미를 추측하며 나만의 생각을 키워 보세요. 그리고 이를 글로 써 보면 어떨까요? 근사한 첫 문단을 만들 수 있을 겁니다.

『가장 보통의 차별』을 읽고 쓴다면

이 책의 제목이 이상하다고 생각했다. '가장'과 '보통'은 어울리는 낱말이 아니라서 어색하게 느껴졌다. 어떤 의미로 이런 제목을 지었을까? 우리는 보통 숨 쉬듯 차별하면서 살아가고 있다. 차별하는 줄도 모르고 차별한 수많은 순간이 일상에 널려 있었다. 너무 당연해서 미처 깨닫지 못했다. 그런 '보통의 차별'들이 모여 '가장 큰 혐오'를 만들어 내는 것 아닐까? 그걸 깨우치는 순간 차별 없는 세상으로 한 걸음 더 나아가는 변화의 시작이 될 것임을, 이 책의 제목에서 말하고 싶은 게 아닐까?

중학교 3학년 박진서

표지만 보고 추측해 볼까?

서점에서 책을 고를 때 독자의 마음을 사로잡는 것은 무엇일까요? 저는 표지가 큰 비중을 차지한다고 생각합니다. 실제로 출판사는 표지 작업에 많은 공을 들이고, 서점에서 책이 책장에 꽂히는 것이 아니라 매대에 놓여 표지가 보이길 바라죠. 표지 이미지가 주는 효과가 크기 때문이에요.

그렇다고 표지를 만들 때 무조건 눈에 띄는 색으로 화려하고 예쁘게만 만들려고 하지는 않아요. 책 내용과 주제를 잘 표현하기 위해 편집자와 디자이너, 일러스트레이터와 마케터가 회의를 거듭합니다. 그 결과가 바로 여러분이 보는 표지입니다. 책의 얼굴인 표지는 수많은 표정을 담고 있어요. 그 표정의 의미를 해석해 보는 것이 독서의 시작입니다.

이꽃님 작가의 소설 『죽이고 싶은 아이』의 표지에는 두 소녀가 커다란 창문 앞에 서 있습니다. 머리가 긴 소녀가 단발머리 소녀를 바라보고 있네요. 단발머리 소녀는 창밖 먼 곳을 응시하는 듯합니다. 뒤표지까지 연결되는 그림이라 책을 쫙 펼치면 분위기를 더 잘 느낄 수 있어요. 창문이 열려 있는지 커튼과 소녀들의 머리카락이 바람에 날리고 있어요. 창문 아래 벽에는 'Fact is simple'이라는 낙서가 보여요. '사실은 단순하다.'라는 말은 무엇을 의미할까요?

이 표지를 보면 어떤 내용이 전개될 거라 짐작되나요? 일단 두 소녀가 서로 쳐다보지 않는 걸로 보아 사이가 좋아 보이지는 않네요. 갈등이 벌어질 것 같아요. 제목을 봐서는 둘 중 누군가가 다른 하나를 죽이고 싶어 하거나 제3의 인물이 둘 중 하니를 죽이고 싶어 하는 것 같기도 하고요. 또는 주이고 싶은 마음을 품은 소녀의 이야기일지도 모르겠네요. 벽에 적힌 낙서는 누군가가 거짓으로 사실을 감추려 한다는 의미일까요? 수많은 궁금증을 일으키는 표지입니다.

표지를 자세히 관찰한 뒤 전개될 내용을 상상하며 책을 읽어 나가면 스토리에 관심과 관점을 갖고 몰입하게 될 겁니다. 그리고 이런 내용은 독후감을 시작하는 데도 유용하지요.

뒤표지에는 주로 추천사나 작가의 말이 인쇄돼 있습니다. 그중 독서 의욕을 불러일으키는 문구를 찾아보세요. 추천사는 주로 평론가나 유명 작가가 쓰는 일이 많아서 내가 아는 작가의 글이 있을 수도 있어요. 누구누구의 추천사를 믿고 읽기 시작했다는 도입으로 독후감을 쓸 수도 있을 겁니다.

책 표지는 책의 핵심 메시지나 주요 사건 혹은 스토리를 담고 있는 만큼 꼼꼼하게 살펴보면 생각할 거리를 켜켜이 쌓을 수 있어요. 그중에서 글 쓸 거리를 많이 건져 올릴 수 있을 거예요.

『가난한 아이들은 어떻게 어른이 되는가』를 읽고 쓴다면

나는 책을 볼 때 추천사를 먼저 보는 편이다. 왜냐하면 추천사를 읽으면 마치 영화나 드라마의 예고편처럼 작품을 보기 전 어떤 이야기가 전개될지, 이 책이 어떤 주제를 다룰지 예상할 수 있기 때문이다.

이 책은 표지에 적힌 은유 작가의 추천사가 마음에 남았다. 추천사에 담긴 '제목이 곧 메시지다.'라는 말은 제목이 주제라는 뜻일 것이다. 그러고 보니 작가가 독자에게 '가난'이 아니라 '가난한 사람들'의 삶에 관심을 가져 달라고 제목에서 물음을 던진 것 같았다. 아이들이 자라서 어른이 되는 것은 같지만 처한 환경에 따라 '어떻게' 어른이 되는지는 각자 다르다. 모두 학교에 다니고 비슷한 교육을 받지만, 어떤 가정에서 태어나고 자라는가에 따라 어른이 된 모습은 너무도 달라질 수 있다. 추천사에 적힌 대로 아이들이 '어떻게' 자라는가에 초점을 맞추어 읽어 보니 책을 더 깊게 이해할 수 있었다.

중학교 2학년 이예나

이 책은 어떤 내용이지?

　독후감을 쓸 때 책 내용을 소개하는 건 좋은 방법입니다. 그러나 소설을 읽고 쓸 때는 되도록 줄거리를 쓰지 않거나 짧게 쓰는 것을 추천합니다. 책을 이미 읽은 사람이라면 줄거리 소개가 지루하게 느껴질 것이고, 반대로 책을 읽지 않은 사람이라면 줄거리가 길게 적힌 독후감이 그 책의 요약으로 보일 뿐 글쓴이의 감상이 담긴 글이라고 생각하지 않을 거니까요. 즉 내용을 소개하더라도 판단이 필요한데, 가령 역사 소설이나 과학 소설, 판타지 소설 등은 배경과 세계관이 중요하니 그 부분은 소개해도 좋습니다.

　로이스 로리의 『기억 전달자』라는 과학 소설을 아시나

요? 〈더 기버: 기억 전달자〉라는 제목의 영화로도 나와 있는데 영화보다 책을 꼭 한번 보면 좋겠습니다. 이 소설은 미래 사회를 배경으로, 끔찍한 전쟁을 겪고 살아남은 인류가 다시는 전쟁을 겪지 않기 위해 극단적인 통제 사회를 만들었다는 설정입니다. 경직되고 살벌한 세상이 떠오를 수 있지만, 이야기 속 세상은 빈부 격차도 없고 갈등도 없어서 굉장히 평화롭습니다. 그런데 읽다 보면 살짝 소름이 돋아요. 가족의 구성, 직업, 의복, 음식뿐 아니라 감정과 날씨마저 통제의 대상이 되는 세상의 평화는 꾸며 내고 표백된 평화처럼 느껴지거든요. 안정적인 공동체 유지를 위한 것이라고 해도 어쩐지 찝찝합니다. 여러분은 이런 세상이 유토피아라고 생각하나요, 디스토피아라고 생각하나요? 독특한 세계관이 담긴 책이니 독후감에서는 이 정도 세계관을 소개하고 자기 생각을 펼쳐 보길 추천합니다.

지식 교양서의 독후감에서는 소설과 달리 책 내용을 소개하는 것이 꽤 좋은 시작이에요. 책이 담고 있는 비판 지점이나 문제의식을 알리고 저자의 관점과 주제를 설명하면 독후감을 읽는 사람이 이 책에 대한 흥미와 이해를 가지고 몰입할 준비를 할 수 있으니까요. 『아픔이 길이 되려면』은 '사회

역학’을 연구하는 김승섭 서울대 환경보건학과 교수가 쓴 책입니다. 보건에서 역학은 질병의 원인을 찾는 학문인데, 사회 역학은 ‘사회가 일으키는 질병’을 ‘사회가 어떻게 책임져야 하는가’를 연구합니다. 이 책에서 저자는 폭염, 빈곤, 차별, 재난, 제도 등 다양한 사회적 원인이 질병을 발생시키고 있음을 지적하면서, 질병을 예방하고 치료하기 위해서라도 우리가 연결되어 있다는 사실을 인식하고 더 많이 연결되어야 한다고 주장합니다. 300쪽이 넘고 여러 사례와 데이터가 제시되는 책인 만큼 독후감을 쓸 때 간단하게라도 내용을 정리해 준 뒤 본격적으로 자기 생각을 쓰면 좋습니다.

『유토피아』를 읽고 쓴다면

토머스 모어의 『유토피아』는 1500년대 영국의 현실을 반영한 '공상 사회' 소설이다. 제1권에서는 '유토피아'라는 가상 국가를 여행하고 돌아온 라파엘이 토머스 모어와 영국의 현실에 관해 대화를 나눈다. 모어는 경험이 많은 라파엘이 공직에 나가지 않는 것을 안타까워한다. 이에 라파엘은 지금의 군주들은 전쟁에만 관심을 두기 때문에 자신이 아무리 조언해도 듣지 않을 거라며 당시 상황을 신랄하게 비판한다.

제2권에서는 본격적으로 유토피아에 대한 라파엘의 설명이 나온다. 유토피아는 군주가 없는 민주적 통치 체제를 갖추고 있으며, 사유 재산이 없다. 모두가 노동하고 공평히 분배하며 무상으로 집을 얻고 치료를 받고 교육을 받을 수 있다. 토머스 모어는 책의 마지막에 유토피아 공화국을 현실에서 기대하기는 어렵지만, 우리 사회에 있었으면 하는 것들이 아주 많다고 말한다.

주인공과 대화하며 읽기
그래서 주인공은 퀘스트를
잘 넘겼어?
2장

미레유 대단하다.
나도 친구들이랑
자전거 여행하고 싶다.
돼지들

너도 떠나면 되지.
당장 일어나라고!

정말 네가 말한 거야?
벌떡!
너도 우리 돼지들의
위대한 여행에 끼워 줄게!

이야기 속 나의 '최애'는 누구?

저는 만화를 아주 좋아합니다. 그래서 웹툰을 즐겨 봐요. 어릴 때는 종이책으로 만화를 봤는데, 가장 좋아하는 장르는 언제나 로맨스였습니다. 그런데 아무리 제가 좋아하는 로맨스 장르라고 해도 위기나 오해 없이 사랑이 이뤄지는 내용은 재미가 없었어요. 주인공의 사랑을 방해하는 인물이 꼭 등장해야 했어요. 바로 '서브 여주' '서브 남주'라고 부르는 인물들입니다. 그리고 언제나 저의 마음을 사로잡는 건 이상하게도 '서브 남주'였어요.

제가 본 보통 만화 속 남자 주인공은 나쁜 남자에 가까운 '냉미남'이 많았어요. '서브 남주'는 나쁜 남자에게 상처받은 여자 주인공의 마음을 위로하는 다정하고 친절한 인물이 많았지요. 세상 누구보다 착한 '서브 남주'는 결국 '냉미남 남주'에게 '여주'를 보내 주고야 말지요. 저는 그럴 때마다 '이 아줌마가 살아 보니 다정한 남자가 최고여!' 하는 심정으로 혀를 끌끌 차며 여자 주인공의 선택을 탐탁지 않게 봤지요.

이처럼 꼭 주인공이 아니라도 내 마음을 사로잡는 인물이 있습니다. 주인공이 역경을 헤쳐 나가도록 돕는 인물일 수도 있고, 잠깐 등장하지만 큰 깨달음을 주고 사라지는 임팩트 강한 인물일 수도 있지요. 반대로 주인공의 일이라면 사사건건 훼방 놓는 인물에게 끌릴 수도 있고, 의도치 않게 큰 사고를 치는 인물에게 묘한 동질감을 느낄 때도 있지요. 책을 읽을 때 주인공뿐만 아니라 주변 인물 중에 나와 닮은 인물, 내 주변인을 닮은 인물, 꼭 한번 만나고 싶은 인물, 살면서 절대 마주치고 싶지 않은 인물을 가려 보는 거예요. 그런 인물을 마음에 담아 두었다가 나중에 한 문단으로 써 보기를 추천합니다.

『동물농장』은 너무 유명해서 '읽지 않았지만, 읽은 것만 같은' 소설 중 하나예요. 동물들이 인간을 몰아내고 농장을 차지한 뒤 그곳을 동물들의 유토피아로 만들기 위해 애쓰지만 결국 실패하는 이야기입니다. 작가 조지 오웰이 동물을 내세워 인간 사회를 비판, 풍자하는 우화죠. 우리 시대의 고전이라 불리는 작품입니다.

저는 이 책을 읽을 때마다 마음이 아리는 인물이 있어요. 몸집이 크고 힘이 아주 센 '복서'라는 말 캐릭터예요. 복서는 자신들이 만든 '동물농장'과 동료들을 누구보다 사랑했어요. 그래서 가장 적게 먹고 가장 많이 일했죠. 힘들고 위험한 일이 생기면 언제나 앞장서 동료를 보호하고 자신을 희생했습니다. 그러나 결국 권력자에게 이용만 당하고 팔려가 죽음을 맞이합니다. 복서는 머리가 나빠서 글자를 익히지 못했고 끝내 '동물농장 십계명'의 의미도 이해하지 못했지만, 어쩌면 공산주의의 이상을 가장 잘 실현한 인물이 아닐까 합니다. 복서가 어떤 인물인지, 그 인물이 내 마음을 아프게 한 이유는 무엇인지 사람으로 치자면 복서는 어떤 인물을 상징하는지 나의 감상을 펼쳐 본다면 그것만으로도 좋은 독후감이 될 겁니다. 주요 인물이 아니어도 괜찮습니다. 잠깐 등장하는 역할이라도 내게 큰 감동을 줬다면 내 독서와 글에서는 주인공이 될 자격이 충분해요.

『얼토당토않고 불가해한 슬픔에 관한 1831일의 보고서』를 읽고 쓴다면

"우리 직원 모두, 혜진 양의 얼굴을 매일매일 봐 왔어요. 혜진 양이 나타나면 1초 안에 알아볼 수 있는 사람들이 여기에 있어요. 기운 내세요."

호텔 매니저 조창엽이 주인공 현수에게 한 말은 내게도 큰 감동을 주었다. 현수는 저 말이 "태어나 들은 그 어떤 말보다 단단하고 힘센 말"이었다고 했다.

남의 불행을 흥미롭게 구경하고, 하지 말아야 할 말을 하고, 그러고는 또 금세 잊어버리는 사람이 많다. 5년 전 호텔에서 실종된 아이의 얼굴을 잊지 않으려 매일 사진을 보는 사람이 가족 말고 또 있을까? 자신의 직장에서 일어난 일이라 책임감을 가졌다고 해도 어려운 일이다. 오히려 더 숨기고 모른 척할 것 같다. 그런 일이 알려지면 손님이 안 올지도 모르니까.

세상에 조창엽 같은 사람이 많다면 정말 든든할 것 같다. 나를 지켜 주는 어른이 많다고 생각하면 훨씬 더 세상을 자유롭게 누릴 수 있을 것 같다.

주인공의 경험과 나의 경험이 겹치는 게 있어?

청소년 소설의 주인공은 대부분 청소년입니다. 처한 환경이나 사고방식, 가치관이 모두 다르니 청소년 독자라고 해서 청소년 주인공을 다 이해한다고 할 순 없지요. 그러나 공통된 환경이란 건 있습니다. 일단 많은 청소년이 학교에 다녀요. 입시 부담을 느끼고요. 친구, 외모, 연애 문제로 고민하고, 가족과 갈등을 겪습니다. 주로 머무는 공간도 비슷하죠. 학교, 집, 학원, 도서관, 독서실, 친구 집, 편의점, 코인 노래방 등. 여기에 청소년이 갖는 공통된 발달 특징도 있습니다. 2차 성징으로 신체 변화가 생기고, 고차원의 사고와 판단, 감정 조절 등 복잡한 인지 기능을 담당하는 전두엽이 급격히 발달하는 시기라 감정 기복도 커요. 그러다 보니 먼 미래를 배경으로 한 과학 소설일지라도 청소년 등장인물의 경험이 지금의 청소년과 완전히 다르지는 않습니다. 소설 속 인물이라고 해서 나와 어마어마하게 다르고 나는 상상도 못 할 고민에 빠져 있을 거라 예단하지 마세요. 분명 비슷한 점을 찾을 수 있을 겁니다.

조우리 작가의 『얼토당토않고 불가해한 슬픔에 관한 1831일의 보고서』는 5년 전 동생을 잃어버린 주인공이 느끼는 거대한 슬픔에 관한 이야기입니다. 이 책으로 수업할 때 학생들에게 큰 슬픔에 맞닥뜨린 적이 있는지 질문했어요. 조부모님을 잃거나 반려동물을 잃었을 때 슬펐다고 대답한 학생도 있었지만 대부분은 없다고 말했어요. 자잘하게 마음 상하고 슬픈 일은 있었지만, 이 책의 주인공처럼 감당하기 힘든 슬픔은 아니었다고요.

꼭 주인공과 비슷한 일을 겪어야만 공감할 수 있을까요? 그렇지 않습니다. '경험이 없는' 것도 공감에 중요한 '경험'입니다. 오히려 내가 경험하지 못한 일이라 공감하기 어렵지만 나와는 관계없는 일이라고, 나에겐 일어나지 않을 일이라고 생각하며 내가 무심한 건 아닐까, 타인의 슬픔에 공감하지 못하는 건 문제가 아닐까 같은 질문을 이어 가며 이에 대한 나의 생각을 솔직하게 쓸 수도 있습니다.

예전에 한 독후감 대회에서 대상을 받은 글을 읽었는데, 그 글만으로는 무슨 책을 읽고 쓴 건지 전혀 알 수 없을 만큼 자기 경험만 쓰여 있더군요. 무척 고통스러운 경험과 감정이 담겨 있었는데 독후감이라기보다는 일기나 수필 같기도 했습니다. 가만히 그 글을 쓴 사람을 떠올려 봤습니다. 책을 읽으며 떠오른 기억을 글로 쓰면서 얼마나 힘들었을까, 그럼에도 쓰고야 말게 한 책이라면 정말 훌륭한 책이 아닐까? 그 글은 또 다른 이에게 전해져 비슷한 고통을 겪는 사람에게 큰 위로가 될 것 같았습니다. 그렇다면 책이 정말 온전하게 제 역할을 다한 것 아닐까 하는 생각이 들더군요.

경험은 아주 훌륭한 글감입니다. 매일의 삶을 소중히 기록한 일기가 작가에겐 소재로 가득한 보물단지가 되기도 합니다. 여러분도 일상을 조금씩 기록해 보세요. 글로 쓰다 보면 반복되는 일상 같아도 소소한 차이에 관심을 두고 의미를 부여하게 됩니다. 그러니 거창한 경험이든 미미한 경험이든 흘리지 말고 마음속 주머니에 잘 넣어 두기 바랍니다.

『나는 복어』를 읽고 쓴다면

엄마가 자살하고 아빠는 감옥에 간 아픔을 지닌 소년, 나는 그 소년의 마음을 헤아릴 수 있을까? 아마 할 수 없을 것이다. 그래도 누구에게나 자신이 한없이 미워지고 때론 주변을 깊이 원망했던 경험은 있을 것이다. 그럴 때 과속 방지턱 같은 것이 있어야 사고를 막을 수 있다. 나 역시 마찬가지다.

나는 수학을 좋아한다. 문제가 안 풀리고 틀릴 때면 기분이 썩 좋지 않았다. 풀이 과정이 어려워서 틀리는 문제가 조금씩 많아졌고 나에 대한 실망이 점점 쌓여만 갔다. 어느 날 쉬운 문제를 틀렸는데 계산을 잘못해 틀린 것이었다. 엄마는 더하기 빼기도 못하냐면서 화를 내셨다. 그 순간 안에 있던 화가 밖으로 터져 나왔다. "나한테 왜 그러세요!"라고 말하곤 문을 쾅 닫았다. 그런 상황에서도 맛있는 음식이나 귀여운 걸 떠올리는 아주 사소한 행동이 마음의 방지턱이 된다. 두현이도 따끈한 복국이 먹고 싶다고, 쇠 깎는 소리가 듣고 싶다고 되뇌며 자기 안의 독을 점점 밖으로 뿜어낸 게 아닐까?

중학교 3학년 조승빈

등장인물이 비판받을 만한 행동을 했어?

소설의 등장인물 중에는 반드시 '반동 인물'이 있기 마련입니다. 주인공이 하는 일을 사사건건 방해하고, 주인공을 비난하기도 하는 인물이죠. 요즘은 영화나 드라마에 나오는 이런 인물을 흔히 '빌런'이라고 하죠. 반동 인물이 아니더라도, 주인공을 돕거나 선한 일을 하는 인물인데 내 맘에 안 드는 인물이 간혹 있습니다. 이유가 뭘까요? 그럴 땐 그냥 지나치지 말고 날카로운 시선으로 그 인물을 판단해 보세요. 저는 너무 옳은 말만 하는 인물이 괜히 밉더라고요. 제가 너무 삐딱한가요? '나도 알아! 알지만 안 되는 걸 어떡하라고?' 하는 심정인가 봐요.

　제가 청소년 소설에서 만난 가장 섬뜩했던 인물은 백온유 작가의 『유원』에 나오는 '아저씨'라는 인물입니다. 유원은 남들이 '이불 아기'라고 부르는 아이예요. 어릴 때 집에 불이 났는데 유원의 언니가 젖은 이불에 동생인 유원을 싸서 밖으로 던져 살렸지만 정작 자신은 탈출하지 못하고 죽고 말아요. 그날 건물 밖에서 유원을 무사히 받아 구하고 본인은 크게 다친 인물이 '아저씨'입니다. 이후 아저씨는 의인으로 불리며 성금을 받게 되고 그 돈으로 사업을 시작하지만 계속 망합니다. 그때마다 아저씨는 유원의 가족에게 돈을 요구하죠. 시시때때로 유원의 집에 찾아와 머물며 가족인 양 행동합니다. 그의 행동에는 사실 악의는 없어 보여요. 그러나 자신이 유원의 생명을 구했으니 마땅히 받아야 할 것이 있다는 식이죠.

　저는 그 태도가 너무나 불편하고 무서웠습니다. 11층에서 던져진 아이를 온몸으로 받아 냈을 때 그는 진실로 정의로운 사람이었습니다. 내 몸이 부서지더라도 아이를 살리겠다는 마음밖에 없었을 거예요. 그날 아저씨의 몸은 부서졌고, 그동안 하던 운전 일을 더는 하기 어려워졌어요. 그는 세상이 자신에게 마땅한 대접을 해야 한다고 여기기 시작했을 겁니다. 특히 유원과 유원의 가족이 그래야 한다고요. 그러나 대가를 바라기 시작하고 수년에 걸쳐 유원의 가족을 괴롭히면서 아저씨의 행동은 오히려 '불의'가 되어 버렸죠. 저는 자신이 그런 사실을 모른다는 점, 아니 모른 척한다는 점이 불편하고 무서웠습니다. 그럼 망가진 그의 삶은 무엇으로 보상받아야 하냐고요? 그건 저도 잘 모르겠어요. 다만 그걸 보상해야 하는 사람이 유원이 아니라는 점만은 분명하다고 생각합니다.

지식 교양서에도 비판 지점이 있습니다. 새로운 지식을 설명하더라도 자기 생각이 담기기 마련이고, 저자가 문제의식을 갖고 쓰는 책이라면 판단과 주장이 담겨 있을 테니까요. 우리는 이를 비판할 수도 있고, 동의할 수도 있어요. 지구 위기를 경고하는 과학책 『지구가 너무도 사나운 날에는』의 서문에는 이런 말이 나옵니다.

과학이 인간의 편리만을 위한 것이 아니라, 인간을 포함한 '우리'를 위한 것이어야 하는 이유이다. 여기서 '우리'는 인간만이 아닌, 과학이 들려주는 이야기에 포함된 모든 존재들이다. '우리'는 식물, 동물은 물론 눈에 보이지 않는 미생물을 포함한다. 더 나아가 대기와 바다, 토양과 빙하 등 무생물을 포함한다. '우리'는 지구 위에 존재하는 모든 것, 그리고 그 존재 사이의 수많은 상호 작용 전부를 포함한다.

저는 이 말이 기후 위기 시대의 새로운 인권 선언문처럼 느껴졌어요. 지금 지구는 보편적 인권의 범위가 확장되지 않으면 해결할 수 없는 위기에 직면했기 때문입니다. 물이 차오르는 국가에 사는 사람들, 호수가 말라 버린 지역의 동물들, 녹고 있는 빙하와 동토 아래에서 깨어나고 있는 바이러스까지. 이 모든 것을 '우리'라는 영역 안에 넣지 않으면 위기는 재앙으로 순식간에 모습을 바꿀 테니까요. 그러나 우리 인간은 여전히 인간 위주의 사고를 벗어나지 못하고 있습니다.

다른 생명의 입장에서 생각해 보도록 도움을 주는 책이 있습니다. 환경 저널리스트인 남종영 작가가 쓴 『안녕하세요, 비인간동물님들!』이라는 책인데 '비인간동물'이라는 말부터 낯설게 느껴집니다. 우리는 가끔 인간도 동물이라는 걸 잊곤 하잖아요? 저자는 '인간과 동물'이 아니라 '인간 동물'과 '인간이 아닌 동물'로 구분한 뒤 둘의 차이점보다는 유사점을 찾아서 서로 어떤 관계를 맺으며 살아야 하는가에 대해 이야기합니다.

이 책이 조금 어렵게 느껴진다면 아예 동물의 입을 빌려 "우리가 왜 인간 때문에 멸종해야 해!"라고 외치는 『동물들의 위대한 법정』을 읽어 보세요. 프랑스 작가 장 뤽 포르케가 쓴 풍자 가득한 우화인데 동물들의 촌철살인에 가슴 한 구석이 뜨끔뜨끔할 거예요.

이처럼 지식 교양서라도 저자가 비판하는 것이 무엇인지 잘 살펴보고 나의 의견을 가다듬어 보세요. 꼭 동조하지 않아도 됩니다. 반대해도 괜찮아요. 중요한 건 언제나 합리적 근거라는 점만 잊지 않으면, 나의 생각을 펼치고 비판적인 글을 쓰는 데 도움이 될 거예요.

인물들은 왜 그렇게 고민이 많은 걸까?

여러분은 어떤 고민이 있나요? 성적? 연애? 외모? 친구? 어른이 된다고 고민이 사라지는 건 아니지만, 청소년기에는 매일매일 새로운 고민에 맞닥뜨리기 마련입니다. 좁은 교실에서 만나는 친구들과 선생님과의 관계, 좋아하는 사람 때문에 생기는 감정의 롤러코스터, 동굴 속보다 더 어두울 것 같은 미래에 대한 불안 등 고민이 사라질 날이 없죠.

책 속 인물들도 마찬가지입니다. 상황에 따라 다르지만 비슷한 고민으로 속앓이를 합니다. 『안네의 일기』에는 히틀러 치하 네덜란드에서 홀로코스트를 피해 숨어 살면서도 페터를 향한 사랑, 가족과의 갈등, 손바닥 뒤집듯 하루에도 몇

번씩 바뀌는 자신의 감정에 대한 사춘기 소녀 안네의 고민이 담겨 있습니다. 전쟁처럼 특별한 상황에서도 평범한 일상을 살아가는 우리와 비슷한 고민을 안고 있지요.

원인 없는 고민은 없을 거예요. 저는 어릴 때 뚱뚱한 외모 때문에 친구들의 놀림을 받았어요. 그 고민의 원인은 내 안에 있었을까요, 밖에 있었을까요? 당시 제 주위에는 몸무게가 50킬로그램이 넘으면 여자가 아니라고 말하는 사람도 있었어요. 게을러서 살이 찌는 거라는 말을 들으면 인성까지 모욕당하는 기분도 들었지요. 외모 지상주의에 찌든 세상이 저를 괴롭히는 근본적인 원인이었던 겁니다.

그러나 저 역시 외모를 놀리는 친구들에게 당당하게 말하지 못했어요. 화를 내면 분위기를 망칠까 봐 겁났기 때문이에요. 뚱뚱한 건 사실이니 어쩔 수 없다고 의기소침해하고 자포자기하기도 했죠. 다른 사람들에게 성격 좋은 아이로 보이고 싶었던 ‘나’ 또한 나를 괴롭게 하는 원인이었습니다.

외모 지상주의를 비판적으로 다룬 책은 많습니다. 클레망틴 보베의 『돼지들』도 그중 하나죠. 세 명의 소녀 미레유, 아스트리드, 하키마가 소셜 미디어에서 벌어진 투표에서 ‘올해의 돼지’로 뽑히면서 시작되는 이야기입니다. 이 투표에 대해 어떻게 생각하나요? 정말 어이없고 한심하죠. 그런데 이런 황당한 일이 현실에서도 일어납니다.

마크 저커버그가 만든 페이스북의 초기 버전은 하버드대학 여학생들의 외모를 비교하는 프로그램이었어요. 한국의 몇몇 대학에서도 남학생들이 단톡방에서 여학생의 외모를 평가한 일이 알려져 논란이 일기도 했고요. 유독 여성들이 피해를 입는 일이 많은데, 무엇보다 이런 일을 잘못된 폭력이 아니라 가벼운 장난이라고 여기는 문화가 가장 큰 문제입니다.

고민의 원인을 찾아가다 보면 나만의 문제인 경우는 거의 없어요. 그리고 남들도 나와 같은 고민을 하는 경우가 많습니다. 공통의 고민이라면 그 원인을 자신이 속한 집단이나 크게는 사회에서 찾아보는 것도 좋습니다. 고민의 원인을 개인적 차원, 사회적 차원으로 나누어 생각해 보면 문제가 좀 더 분명해지기도 하고 해결책이 보이기도 합니다.

책 속 인물의 고민에 공감하는 것도 좋지만, 고민의 원인과 해결책을 생각해 보는 것도 좋은 독서 방법입니다. 내가 찾은 고민의 이유와 해결책을 독후감에서 한 문단으로 쓸 수도 있고요.

그래서 주인공은
성장 퀘스트를 잘 넘겼어?

'성장 소설'이라고 들어 봤나요? 어른이 되어 가는 과정의 어린이, 청소년 인물들이 주인공으로 등장하고 그들이 겪는 내면의 변화가 담기는 소설을 성장 소설이라고 합니다. 약간 과장을 섞어서 말하면 청소년 소설의 99퍼센트가 성장을 주제로 하다고 볼 수 있습니다. 따라서 청소년 소설을 읽을 때 주인공이 어떤 계기나 사건으로 내적 갈등을 겪고 이를 극복했는지, 무엇이 혹은 누가 성장을 도왔는지 혹은 반대로 무엇이, 누가 막았는지, 결과는 어떠했는지를 살피는 것이 좋습니다.

과학 소설 『기억 전달자』의 주인공 조너스는 통제 사회에 살고 있습니다. 갈등을 배제하기 위해 감정을 통제하고 기억을 삭제하는 사회입니다. 싸움도 갈등도 없지만, 어쩐지 진짜가 아닌 것 같은 세상입니다. 사람들은 모두 평화롭게 웃고 있지만 조너스는 어떤 사건을 통해서 그 행복이 가짜 행복이라고 의심하게 됩니다. 이제 주인공은 어떤 선택을 하게 될까요?

조너스는 만들어진 행복을 버리고 스스로 행복을 개척하기로 결심합니다. 모든 것이 풍족한 세상에서 주어진 일만 수행하면 잘 살 수 있는데도 이를 버리고 개척자로 살아가는 삶은 무척이나 어려운 일일 겁니다. 저는 가끔 학생들에게 이런 질문을 합니다. 여러분도 한번 대답해 보세요. 모든 식사와 생필품이 풍족하게 제공되는 10평 원룸이 있는데 한 번 들어가면 평생 나갈 수 없다면 여러분은 갇힐 건가요, 문을 박차고 나갈 건가요. 책방 학생들은 곧바로 "폰 있어요?" "인터넷 빨라요?" 이런 질문을 하더군요. "물론이지."라고 대답하면 열에 여덟은 "그럼 거기서 평생 살래요."라고 대답합니다. 안전하고 풍족한 10평 공간이 온갖 풍파를 맞아야 할 드넓은 바깥 세계보다 훨씬 낫다고요.

그러나 주인공 조너스는 다른 선택을 하죠. 우리는 조너스를 보며 생각해 볼 수 있을 거예요. 왜 나는 자유보다 구속을, 도전보다 안정을, 스스로 살길을 찾기보다 시키는 대로 살기를 선택하려 할까? 사회적인 원인과 개인적인 원인을 구분해서 살펴보면 좀 더 넓게 사고할 수 있을 겁니다.

하퍼 리의 『앵무새 죽이기』는 1930년대 미국의 한 작은 마을에서 일어난 범죄 사건을 통해 우리 안의 편견과 차별, 혐오를 들여다보게 하는 소설입니다. 흑인이 사건의 가해자로 지목되자 대부분이 백인인 마을 사람들은 증거도 증언도 무시한 채 흑인 남성 로빈슨을 유죄라고 단정합니다. 주인공인 여섯 살 백인 소녀 스카웃의 아버지이자 존경받는 변호사인 애티커스 핀치는 흑인의 변호를 맡았다는 이유로 백인 이웃들로부터 배신자 취급을 받지요.

어린 스카웃의 눈에 네 살 많은 오빠 젬은 로빈슨의 재판이 끝난 후 어딘가 달라졌습니다. 방에 들어온 벌레를 죽이려는 스카웃에게 젬은 벌레가 우리를 괴롭히지 않으니 죽이지 말라고 합니다. 스카웃은 그런 오빠를 이해하지 못하지만, 아마도 독자들은 젬의 말에 고개를 끄덕이게 될지 모릅니다. 아무도 괴롭히지 않고 묵묵히 자기 삶을 살아가는 사람이 단지 흑인이라는 이유만으로 끔찍한 범죄의 가해자로

몰려 온갖 고초와 모욕을 견디는 걸 보았으니까요. 젬은 그 일을 가까이서 지켜보며 세상 어떤 존재도 저런 취급을 당해서는 안 된다고 깨달았을 것입니다. 스카웃도 나중엔 오빠의 마음을 이해하게 되는데, 둘은 흑인이라는 이유로 로빈슨이 겪은 편견과 고통을 보면서 앞으로의 삶에서 꼭 지켜야 할 중요한 가치를 내면화한 셈입니다. 이것이 성장입니다.

성장이 꼭 발전을 의미하는 것은 아니라는 점을 분명히 해 두고 싶어요. 또 긍정적 가치를 깨닫는 것만이 성장은 아닙니다. 내가 처한 현실과 한계를 분명히 깨닫는 것도 성장이고, 나를 중심으로 생각하고 내 안에만 머물던 시야를 바깥으로 확장해 다른 존재를 깨닫게 되는 것도 성장입니다. 경험하지 못했던 감정을 느끼고, 몰랐던 사실을 알게 되는 것도 성장이고요. 모르는 체하면 편했을, 모르고 살면 좋았을 것과 직면하는 용기를 갖는 것도 성장입니다.

여러분이 생각하는 성장의 의미를 생각해 보고, 책 속 주인공이 겪는 사건이나 생각과 행동의 변화를 글로 쓰면 아주 좋은 주제 문단을 만들 수 있을 겁니다.

『나는 복어』를 읽고 쓴다면

두현이는 과거의 기억을 피하는 것이 아니라 있는 그대로를 마주하며 정면 돌파하였다. 두현이는 좌절할 수밖에 없는 상황에서도 다시 일어났다. 처음에 두현이는 자기 별명을 청산가리라고 했고, 자기가 독을 품은 복어라고 생각했다. 자기를 떠난 부모에 대한 원망이 청산가리가 되었고, 그런 상황을 빌미로 괴롭히는 사람들을 향해 독을 품을 수밖에 없었다. 그러나 여러 사건을 겪으며 두현이는 성장했고 마음속에 있던 독을 몸 밖으로 내뱉게 된다. 좋은 사람들 덕분에 두현이는 자신과 남을 해치지 않을 욕망을 품게 되었고, 쇠도 깎을 수 있는 강한 인간이 되겠다고 결심하게 되었다. 무의미한 회색빛 삶이 아닌 다채로운 삶으로 바뀌었다.

중학교 1학년 박민지

그 뒤 주인공은 어떻게 됐을까?

저는 "신데렐라는 왕자와 오래오래 행복하게 살았답니다!"라고 끝나는 이야기에 '과연 그랬을까?' 하고 의문을 제기하는 어른이 되었습니다. 어릴 때는 사랑하는 사람과 결혼하면 당연히 내내 행복하게 사는 줄 알았거든요. 그런데 실제로 해 보니 아니더군요. 신데렐라도 왕자와 무지하게 싸웠을 것 같아요. 일단 살아온 환경이 너무 다르니까 서로 이해하지 못하는 부분이 많았을 거예요. 신데렐라가 새엄마와 언니들에게 당한 학대로 뒤늦게 정신적 후유증을 겪을 수도 있고요. 또 왕자가 신데렐라에게 첫눈에 반해 온 나라를 찾아다닌 것으로 보아 왕자는 외모를 중요하게 생각하는 사람이지 않을까요? 다른 예쁜 여자를 발견하면 사랑이 변할지도 모르죠. 막장 드라마 같다고요? 상상은 자유잖아요!

소설의 결말은 해피 엔딩도 있고 새드 엔딩도 있지만, 둘 중 어느 쪽인지 분명하지 않은 이야기도 꽤 많습니다. 이런 걸 '열린 결말'이라고 하지요. 작가가 독자에게 끝맺을 권한을 넘기는 거예요. 독자가 무엇을 상상하든 그것이 이야기의 결말이 되는 겁니다.

소설 『기억 전달자』의 결말에서 주인공 조너스는 동생 가브리엘을 데리고 마을에서 탈출합니다. 끝도 없는 눈밭을 가로질러 썰매를 타고 내려가면서 소설이 끝나죠. 아니, 여기서 끝이라니요! 우리 주인공 조너스가, 귀여운 가브리엘이 마을을 무사히 탈출했는지, 살았는지 죽었는지 알 수도 없고, 살았다면 어떤 세상을 마주하게 됐는지, 조너스가 살던 세계는 어떻게 됐는지 알려 주셔야죠, 작가님!

조너스가 익숙한 세계를 떠났듯 이제 우리도 작가가 만든 결말에서 벗어나 볼까요? 여러분이 상상해서 그 뒤 이야기를 직접 만들어 보는 거예요. 각자 서로 다른 결말이 만들어지겠죠. 그 내용을 나만의 독후감으로 남겨 보는 것도 좋고요.

　참고로 『기억 전달자』를 쓴 로이스 로리 작가는 그 뒷이야기를 『메신저』라는 책으로 출간했답니다. 『기억 전달자』의 세계관이 이어지면서 주인공들의 이후 이야기도 만날 수 있으니 관심 있는 분들은 꼭 챙겨 보세요.

『돼지들』을 읽고 쓴다면

세 소녀는 어떤 어른이 되었을지 상상해 보았다. 처음에는 직업을 떠올렸다. 미레유는 철학자, 아스트리드는 전략 게임을 만드는 프로그래머, 하키마는 장애인의 권리를 위해 싸우는 시민운동가가 되지 않았을까? 그전에 먼저 셋 다 자전거 여행 뒤 세계적인 인플루언서가 되었을 것 같다. 외모로 고민하는 청소년들에게 희망을 주는 영상을 만드는 유튜버가 된다면 어떨까? 어쩌면 이 모든 일을 뒤로 하고 평범한 일상으로 돌아가 평범한 어른으로 자랐을지도 모른다. 그들이 어떤 일을 하든 어떤 삶을 살든, 뜨거웠던 그해 여름 힘께 지전거를 탔던 경험이 서로에게 힘이 될 것임은 분명해 보인다.

주인공에게 전하고 싶은 말은 없어?

초등학교 저학년 친구들에게 독후감을 쓰라고 하면 등장 인물이나 작가에게 편지를 쓸 때가 많아요. 읽어 보면 아주 귀엽고 사랑스러워서 구겨졌던 마음이 펴지곤 합니다. 등장 인물에겐 "네 마음을 이해해. 힘내!"라는 응원을, 작가에겐 "다음 편 꼭 써 주세요!" 하고 부탁하는 내용을 주로 씁니다. 청소년이 쓰기엔 좀 유치한 방식이 아니냐고요? 전혀 그렇지 않습니다. 소설 속 주인공들은 보통 시련을 겪잖아요. 편지 형식으로 독후감을 쓰면 시련에 부딪힌 인물에게 응원이나 격려를 보낼 수도 있고, 시련을 이겨 낸 인물을 칭찬할 수도 있습니다. 다른 시련이 또 닥칠지도 모르니 대비책을 알려 줄 수도 있겠지요.

예전에 한 학생이 자기는 책을 꼭 혼자 있을 때만 읽는다고 하더군요. 학교나 도서관은 물론이고, 가족들이 있는 거실에서도 읽지 않는대요. 왜 그러느냐 물었더니 "저는 말하면서 읽어서요. 저도 모르게 주인공에게 계속 말을 걸게 돼요."라고 하더군요. 얼마나 몰입해서 읽었으면 자기도 모르게 주인공과 대화를 나누는 경지에 이르렀을까요! 저는 그 학생에게서 작가의 후광(?)을 보았습니다. '해리 포터' 시리즈를 좋아하고 소설도 쓰고 있다고 했었는데, 언젠가는 조앤 롤링 같은 작가가 되는 거 아닐까요? 그땐 "김화수 선생님께 독서와 글쓰기를 배웠습니다!"라고 말해 주면 좋겠네요.

읽은 소설이 열린 결말이라면, 작가에게 편지를 써서 작가님이 생각하는 결말은 무엇인지, 내가 생각하는 결말은 이런데 작가님은 어떻게 생각하시는지 물어볼 수도 있어요. 또는 왜 결말을 열어 놔서 나를 궁금해 미치도록 만드는지 따져 볼 수도 있겠네요. 이 소설을 쓰게 된 계기나 주제에 대한 질문도 좋습니다.

지식 교양서를 읽고도 편지를 쓸 수 있습니다. 그 책이 다룬 문제를 해결할 수 있는 기관이나 단체에 보내는 형식으로 쓴다든가, 또래 친구들에게 변화와 실천을 청하는 말을 담을 수도 있습니다. 어른들의 생각이 바뀌길 원한다면 부모님이나 교사, 혹은 시민들을 향해 말할 수도 있지요.

책을 읽고 누군가에게 전하고 싶은 말이 생긴다는 건 그 책을 잘 읽었다는 뜻입니다. 몰입해서 읽고 깊이 생각했기에 자기 의견이 생긴 거니까요. 그런 말들이 쌓이면 한 문단이 아니라 한 편의 글로 써 보세요. 그것이 한 챕터로 늘어나고 그러다 보면 한 권을 쓰는 날이 올 거예요. 그날이 바로 새로운 작가가 탄생하는 날이 될 테고요.

저출산 대책을 만드는 분들께

안녕하세요? 저는 인구 소멸 위험 지역인 통영에 살고 있는 이예나라고 합니다. 요즘은 저출산이 국가의 심각한 문제라는 것을 뉴스를 통해 접했습니다. 지금의 20, 30대는 왜 아이를 낳지 않을까요? 제 생각엔 자신의 아이들이 대한민국에서 행복하게 살 거라는 기대가 없어서인 것 같아요. 그 나름 경제력을 갖춘 사람들도 그런 생각을 하는데 가난하다면 더 아이를 낳지 않을 것 같습니다. 태어난 아이들이 행복해야 그 아이들이 자라서 자기처럼 행복한 삶을 누군가에게 선물해 주고 싶다는 생각이 들 것입니다.

저희 부모님은 아이를 넷 낳으셨습니다. 부모님은 가난했지만, 살면서 가난을 극복하고 네 아이를 무사히 잘 키울 수 있을 거라 생각해서 아이를 낳았을 것입니다. 그런데 지금 가난한 아이들은 쉽게 사정이 나아지길 기대하기가 어렵습니다. 현재 가난하지 않더라도 앞으로 언제 가난해질지 모른다는 생각에 불안하기 때문에 나중에 어른이 되어도 아이를 낳을 수가 없을 겁니다. 이러한 상황이 지속된다면 우리나라 저출산 문제는 절대 해결되지 않을 것입니다. 저는 어른들에게 "태어날 아이보다 태어난 아이를 우선으로 생각해 달라!"라고 외치고 싶습니다. 가난하거나 학대받거나 방치된 아이들을 하나하나 잘 돌볼 때 우리에게 지금보다 나은 미래가 생길 것입니다. 저출산 대책을 연구할 때 태어날 아이의 수를 중심으로 생각하는 것이 아니라, 하루하루 힘들게 살아가고 있는 한 명 한 명의 아이들에 대해서 생각해 주시면 좋겠습니다.

제 글을 끝까지 읽어 주셔서 감사합니다.

중학교 2학년 이예나

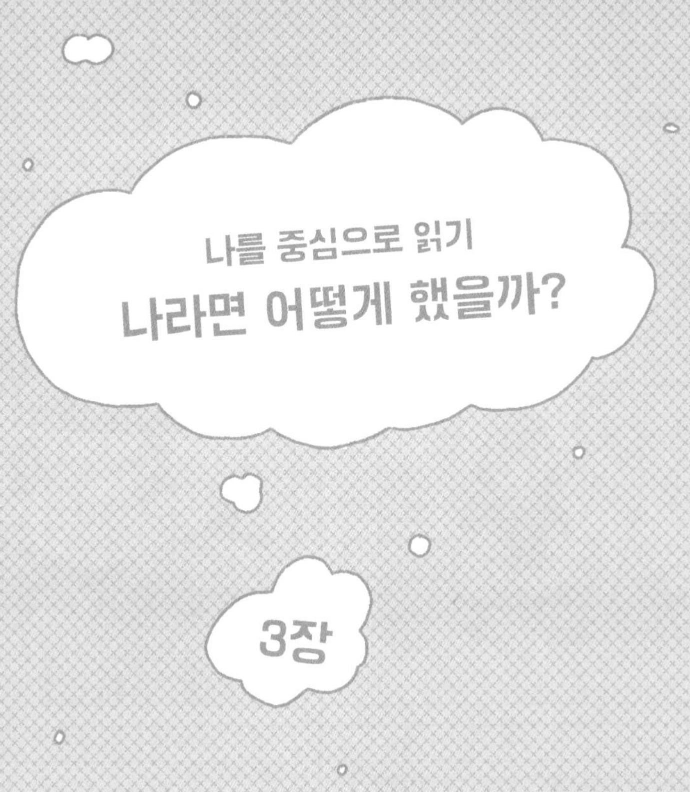

나를 중심으로 읽기
나라면 어떻게 했을까?
3장

감
동
긴긴밤
긴긴밤

극T 성향인 내가 왜 이래?!
흠!

나 때문에 감동했구나?
괜히 안 그런 척하기는~.
훗~
헉!

내 마음을 일렁이게 한 장면은 어디야?

책을 읽다 보면 푹 빠져 후루룩 읽다가 갑자기 멈칫하는 순간이 있습니다. 다들 경험해 봤을 거예요. 로맨스 소설에서 주인공이 고백하는 장면이라든가, 스릴러 소설에서 범인의 정체가 밝혀지거나 반전이 일어나는 장면일 수 있겠지요. 대체로 감동의 순간이나 충격의 순간일 겁니다. 지식 교양서라면 깨달음의 순간 또는 지적 호기심이 해결되는 순간일 테고요. 이런 순간을 허투루 흘려보내지 않고 내 생각이나 감정을 메모한 뒤 생각에 가지를 치거나 나중에 글감으로 활용하면 좋습니다.

만약 삽화가 있는 책이라면 내 마음을 사로잡는 삽화 하나를 골라 보기를 권해요. 삽화가 주는 느낌을 쓸 수도 있고, 그림의 의미나 상징을 해석해 볼 수도 있습니다. 루리 작가의 동화 『긴긴밤』에는 아름다운 삽화가 정말 많습니다. 저는 이 책 속 모든 그림을 좋아하지만, 그중 볼 때마다 눈물이 나는 그림이 있어요. 바로 사막을 가로질러 코뿔소와 펭귄의 발자국이 나란히 찍혀 있는 그림이에요. 사막은 코뿔소에게도 펭귄에게도 어울리는 장소가 아니죠. 초원에서 살아야 할 코뿔소와 바다 생물인 펭귄은 목적지에 도달하기 위해 끊임없이 걸어야 했습니다. 아스팔트 도로, 숲, 사막 모두 쉬운 길은 아니었죠. 힘들 때마다 나란히 걷고 있는 서로의 존재를 의식하고 의지했을 겁니다. 서로의 속도에 맞춰 걷다 보니 기나긴 행군이 조금은 덜 고통스러웠을지도 모릅니다. 여러분에게는 나란히 걸어 줄 누군가가 있나요? 저는 이 삽화를 볼 때마다 제 곁에 있는 존재들에게 감사를 느낍니다.

삽화가 없는 책이라면 인상적인 장면을 본인이 직접 그린다고 상상하면서 그 장면을 묘사해 보는 것도 좋아요. 왜 그 장면을 선택했는지 이유를 생각해 보고 감상을 적어 보세요. 조지 오웰의 소설 『동물농장』을 읽다 보면 동물들의 행동이 우스운 장면도 있고 "인간이 미안해!" 하고 사과하고 싶은 장면도 있어요. 읽다가 섬뜩하고 무서웠던 장면도 있는데, 바로 돼지가 두 발로 서서 걷는 장면이었어요. 자유롭고 평등한 농장을 꿈꾸며 인간을 몰아냈던 돼지들이 도리어 권력에 취해 인간을 흉내 내며 다른 동물 위에 잔혹하게 군림하는 모습에서 역사 속 수많은 독재자가 떠올랐기 때문입니다. 어릴 땐 티브이에서 애니메이션 〈동물농장〉을 본 적이 있는데, 이 장면이 너무 무서워서 언니와 이불을 뒤집어쓰고 봤던 기억도 있답니다. 그땐 그저 괴이해서 무서웠던 것 같은데, 커서 책으로 읽으니 두 발로 일어선다는 것이 무엇을 의미하는지 이해하게 되어 소름이 돋았어요.

인상적인 장면을 머릿속에 그리다 보면 책에 더 몰입할 수 있고, '내가 삽화가라면?' 하면서 적극적으로 상상하며 읽게 됩니다. 무감각하게 이야기만 따라가서 그런 장면이 없다고요? 게다가 MBTI에서 사고 유형인 T 성향이라 감동의 순간이 없다고요? 감정의 우물이 마르다 못해 쩍쩍 갈라지는 중이더라도 파다 보면 지하수가 나올 거예요. 그런 자세로 책을 읽다가 조금이라도 감정이 출렁인다면 잠깐 읽기를 멈추세요. 그곳이 바로 생각과 글감이 나올 우물입니다.

어떤 경험이 떠올라?

제가 서문에서 독후감은 책을 읽은 '나'에 대해 쓰는 글이라고 한 말 기억하나요? 독후감에 줄거리는 아예 쓰지 않아도 되지만 내 이야기는 반드시 써야 합니다. 나를 발견하고 나를 위로하고 나에게 새로운 깨달음을 준 책에 대해서 쓰는 글이니까요. 따라서 가능하면 첫 문단부터 바로 책과 관련된 나의 경험으로 시작하는 것이 좋습니다.

가령 독후감 대회에 출품할 글을 쓴다고 생각해 봅시다. 사람은 보통 자기가 모르는 이야기에 호기심을 가집니다. 다른 사람들의 속마음을 듣는 것도 좋아하지요. 선생님은 물론 독후감 심사 위원은 대부분 어른입니다. 어른들은 청소년 여러분이 요즘 어떤 생각을 하는지, 무엇에 관심이 있고 어떤 고민을 하며 사는지 매우 궁금해한답니다. 그렇다고 길 가는 학생을 붙잡고 물어볼 순 없잖아요. 여러분이 쓴 글을 통해 그 궁금증을 해소할 수 있다면 얼마나 흥미로울까요?

따라서 솔직한 자기 경험을 독후감 첫머리에 넣는다면 단번에 시선을 사로잡을 수 있을 거예요. 전제 조건은 '솔직함'입니다. 있지도 않은 경험을 꾸미거나, 남의 경험을 내 것인 양 쓰면 안 돼요. 다른 사람들이 모르게 완벽히 거짓말할 수 있다고 생각하면 착각이에요. 거짓된 경험은 티가 납니다. 원인과 결과가 맞지 않기도 하고, 감정 표현이 진솔하지 않고 겉돌며 피상적이게 되거든요. 별거 아니라도 자기만의 경험을 쓰는 게 중요합니다.

클레망틴 보베 작가의 『돼지들』은 '사춘기 돼지 소녀들이 벌이는 좌충우돌 파리 여행기'라는 소개만 봐도 얼른 읽고 싶어지는 책입니다. '돼지 소녀'라는 표현이 참 뭐랄까, 개인적인 경험을 떠올리게 하거든요. 고등학교 때 제 별명이 '돼지 새끼'였어요. 단어의 순서를 바꿔서 '새끼 돼지'라고만 했어도 덜 상처받았을 텐데 말이에요. 친구들은 장난삼아 친근하게 불렀겠지만 저는 속으로 상처를 삭혔답니다. 이 책에도 저처럼 뚱뚱하다고 놀림받는 세 소녀가 나와요. 이렇게 주인공과 비슷한 경험이 있다면 자기 경험에 빗대어 책을 읽고 감상을 정리할 수 있으니 독후감도 어렵지 않을 거예요. 그런데 나에게 비슷한 경험이 없다면 어떻게 해야 할까요?

유은실 작가의 소설 『순례 주택』에는 아주 훌륭한 어른이 등장합니다. 75세 김순례 할머니입니다. 순례 씨는 평생 목욕탕 세신사로 모은 돈으로 '순례 주택'의 건물주가 된 인물입니다. 재산을 모을 궁리보다 썩지 않는 쓰레기, 이산화탄소 배출을 더 걱정하는 괴짜 건물주입니다. 너무나 매력적인 인물이라 꼭 읽어 보라고 추천하고 싶네요.

이 책을 읽고 자신의 할머니와 할아버지를 떠올린 학생이 많았어요. 어떤 학생은 "우리 할머니는 순례 씨와 비슷하다. 언제나 내게 힘을 주고 가르침을 주신다."라고 했고, 어떤 친구는 "이런 할머니가 계시면 좋겠다. 나는 할머니와 친하지 않고 대화도 별로 하지 않는다."라고 했습니다.

둘 중 어떤 글이 더 좋을까요? 둘 다 좋습니다. 비슷한 경험이 있어도 좋고, 없어도 좋아요. 있으면 있다고 쓰고 없으면 없다고 쓰세요. 가족이나 친구처럼 가까운 사람의 경험을 보거나 들었다면 그걸 솔직하게 써도 됩니다. 그때 가족이나 내 친구가 느꼈을 감정을 상상하거나 혹은 그걸 지켜보며 내가 느낀 감정의 경험을 적어 볼 수 있으니까요. 책을 읽고 자기 삶뿐만 아니라 주변인의 삶을 떠올리게 됐다면 그 또한 경험의 확장이고 좋은 독서의 시작입니다.

『가장 보통의 차별』을 읽고 쓴다면

나는 차별당하는 사람이기도 하고 차별하는 사람이기도 하다. 나는 청소년이라서, 학생이라서, 여자라서 차별받는다. 최근에 이런 일이 있었다. 학교에서 '딥페이크' 사건 관련 안내문을 교실마다 붙여 놓았다. 거기에 'SNS를 자제할 것, 하더라도 셀카를 올리지 말 것, 올린 것이 있다면 삭제할 것' 등이 쓰여 있었다. 마치 학생들이 '셀카'를 많이 올려서 이런 일이 일어난 것처럼.

피해를 입었다면 어떤 경로로 상담이나 신고를 하라거나, 가해자가 얼마나 큰 처벌을 받는지 알려 주고 혹여라도 그런 일에 가담해선 안 된다고 경고해야 하는 것 아닌가? 설사 피해를 입더라도 그건 절대 피해자의 잘못이 아니며, 피해자가 당당히 살아갈 수 있도록 사회가 노력하겠다고 알려야 하는 거 아닌가? 또 선생님이나 어른들이 여학생에게 특히 조심하라고 말하는 건 차별이라는 생각이 들었다. 교실에 붙은 게시물을 아무도 읽지 않는 걸 보아 다른 친구들도 마찬가지 감정이지 않았을까?

중학교 3학년 박진서

나의 삶을 돌아본다면?

저는 누군가 저의 잘못을 지적해 주면 왠지 모르게 신나요. 나의 부족한 부분과 잘못된 행동을 알게 되면 반성할 수 있고, 내일부터 조금 덜 부족하고 덜 나쁘게 살 수 있으니까요. 그래서 사과도 잘합니다. 애초에 잘못을 안 할 수 있다면 좋겠지만, 완벽한 사람이 어디 있겠어요? 어릴 땐 나밖에 몰랐고 남 탓을 많이 했는데, 제가 조금씩 변한 건 책을 '세내로' 읽기 시작하면서부터예요. 책에서 본 인물들의 삶에 제 삶을 대비해 보면서 '제대로' 사는 것이 무엇인지 어설프게나마 성찰할 수 있었거든요.

책에는 훌륭한 사람도 많고, 지질한 사람도 많습니다. 훌

룽한 사람을 보면 나도 저렇게 살아야지 마음먹고, 지질한 사람을 보면 저렇게는 살지 말자고 다짐하죠. 저는 특히 지질한 인물에 주목합니다. 지질한 인물을 보면 어쩐지 나 같아서 불쌍하기도 하고, 누가 좀 혼내 줬으면 싶기도 하고, 앞으로 변화가 기대되기도 하거든요.

여기 하나같이 지질한 가족이 있습니다. 『순례 주택』 속 수림이의 가족입니다. 주인공 수림이는 매우 건강하고 훌륭하지만, 수림이의 아빠, 엄마, 언니는 '형편없다'는 말이 어울리는 지질한 사람들입니다. 할아버지에게 빌붙어 살면서도 빌라촌에 사는 사람들을 무시하고 멀리합니다. 망해서 살 곳도 없으면서 일하려 하지 않아요. 그러면서 순례 주택의 공용 냉장고에 든 음식을 먹어 치우는 뻔뻔함도 보이죠. 책을 읽다 보면 얄밉고 한심해서 한숨이 푹푹 나옵니다.

그런데 현실에서도 수림이 가족 같은 사람들을 만날 수 있습니다. 학벌이나 사는 곳, 자동차, 옷, 시계 등으로 사람을 판단하고 나누는 사람들을요. 집 근처에 임대 주택이나 장애인 학교가 들어온다고 하면 달려 나가 온몸으로 막아서는 사람들을요. 땀 흘려 성실히 일하는 사람을 앞에 두고 "너 공부 안 하면 저렇게 된다."라고 말하는 사람은 영화나 드라마에만 존재하는 게 아닙니다.

저는 예전에 마트에서 일한 적이 있어요. 6개월 정도 일하다 그만두고 글쓰기 교실을 열었어요. 그때 어떤 분이 자녀 상담을 오셔서 대화를 나누는데 절 어디서 본 것 같다고 말씀하시는 거예요. 자세히 보니 마트에 자주 오던 손님이었어요. 저는 그분을 알아봤지만 알은체하지 않았어요. 제가 마트에서 일했다는 걸 알면 자녀를 맡기지 않을 것 같았거든요. 마트에서 일하는 나와 글쓰기 강사로 일하는 나를 스스로 나눈 꼴이지요. 수림이 가족을 비난만 하기엔 제 안에도 차별의 시선이 남아 있었습니다.

그러나 괜찮아요. 잘못을 알았으면 앞으로 그러지 않겠다고 다짐할 수 있잖아요. 생각으로만, 말로만 한 다짐보다 글로 쓴 다짐이 훨씬 효과가 있습니다. 그래서 이렇게 저의 부끄러웠던 모습도 솔직하게 썼고요. 여전히 부족함의 비율이 훨씬 높은 사람이지만 앞으로 읽을 책이 산처럼 쌓여 있으니 반성할 기회 또한 끝이 없겠지요? 죽을 때쯤엔 꽤 괜찮은 사람이 되어 있을 것 같아 기대되네요.

나라면 어떻게 했을까?

전에 소설 쓰기 수업을 들은 적이 있습니다. 소설이란 주인공이 어떤 사건에 대해 선택을 하고, 그 선택 때문에 일어나는 일들을 감당해 나가는 과정을 그리는 것이라던 말이 오래 기억에 남았어요. 또 주인공은 일단 선택을 하면 그 이전으로 돌아갈 수 없고, 이야기 속 모든 사건을 거친 뒤에는 조금은 다른 사람이 되는 것이 소설이라고 했습니다. 그러고 보니 제가 읽은 수많은 소설 속 주인공은 언제나 선택의 기로에 서 있었습니다.

"사느냐 죽느냐, 그것이 문제로다!" 한 번쯤 들어 본 대사일 겁니다. 셰익스피어의 소설 『햄릿』에 나오는 대사입니다.

주인공 햄릿은 선왕이었던 아버지를 죽인 범인이 삼촌이라고 생각하고, 삼촌과 결혼한 어머니를 포함해 두 사람에 대한 증오로 복수를 꿈꿉니다. 그러나 복수는 쉽지 않고 무엇이 옳은 결단인지 혼란을 겪으며 저 대사를 읊지요.

만약 여러분이 햄릿이라면 어떤 선택을 할 건가요? 복수하는 과정에서 희생되는 사람들이 생길 수밖에 없고, 비록 지금은 복수심에 차 있지만 정말 복수를 하고 나면 어머니와 삼촌을 해쳤다는 죄책감에 빠질 수도 있을 겁니다. 반대로 복수를 하지 않는다면 불의하게 살해당한 아버지의 억울함을 풀어 줄 수 없고, 사는 내내 삼촌과 어머니를 보며 증오심에 휩싸여 고통받겠지요. 어떤 선택을 하든 햄릿은 선택 이전과는 전혀 다른 사람이 되어 있을 겁니다.

'선택'이 아예 주제인 책도 있습니다. 구병모 작가의 『위저드 베이커리』의 주인공은 의붓동생을 성폭행했다는 엄청난 누명을 쓰고 쫓기는 신세입니다. 갈 곳이 없는 주인공은 평소 단골 빵집이었던 '위저드 베이커리'로 숨어들지요. 그곳은 사실 마법사의 빵집입니다. 중요한 순간에 실수하게 만드는 '악마의 시나몬 쿠키', 빵을 먹은 상대가 나를 사랑하게 되는 '체인 월넛 프레첼', 저주를 내리는 '마지팬 부두 인

'형' 등 섬뜩한 이름의 빵을 팔지요. 빵을 누군가에게 먹이기로 '선택'했다면, 그 사람은 이후 일어나는 일에 반드시 '책임'을 져야 해요. 물론 어떤 일이 일어날지는 아무도 모릅니다. 전혀 뜻하지 않은 일이 일어난다고 해도 그 책임은 사용자에게 돌아옵니다.

주인공은 자신의 삶을 바로잡기 위해 과거로 시간을 되돌리길 바랍니다. 여러분이라면 시간을 되돌릴 수 있는 쿠키가 눈앞에 있다면 먹을 건가요? 언제로 돌아가야 내게 닥친 불운이 없었던 일이 될까요? 혹시 돌아갔을 때 더 큰 불행이 닥치진 않을까요? 어려운 결정이지만 주인공의 자리에 자신을 놓고 선택해 보는 겁니다. 참고로 이 소설은 주인공이 쿠키를 먹었을 때와 먹지 않았을 때 두 가지 결말을 모두 보여 줍니다. 주인공이 받아들여야 할 선택의 책임이 궁금하다면 꼭 읽어 보세요.

지식 교양서라면 저자의 입장에서, 정책 입안자의 입장에서 생각해 볼 수 있습니다. 여러 작가가 함께 쓴 『노동 없는 미래, 새로운 복지가 필요해』에서 저자들은 인공 지능이나 로봇의 발달로 고용 없는 성장이 이뤄지고 이로 인해 실업률이 높아질 것을 우려합니다. 따라서 이러한 기업에 로봇

세, 디지털세 같은 세금을 부과하여 그 돈으로 사회 보장 제도를 강화하자고 말합니다. 여러분은 로봇세나 디지털세를 만드는 것에 찬성인가요, 반대인가요? 내가 정책을 만드는 사람이라면 어떤 선택을 할지 생각해 보면 됩니다.

이런 식으로 찬반 토론이 가능한 논제를 찾아내 내 입장에서, 반대 입장에서 한 걸음씩 더 생각하고 나의 의견을 글로 정리해 보세요. 저자의 의견과 달라도 괜찮습니다. 찬성과 반대 어느 입장이든 상관없고 또 옳은 입장이 따로 있는 것도 아니에요. 어떤 근거로 찬성하고 반대하는지가 중요합니다. 책에 나와 있는 근거를 잘 찾아보고 이해하는 것이 우선이지만, 여기서 멈추지 말고 책 바깥에서 또 다른 근거를 찾아보세요. 그 과정이 독서를 깊이 있게 만들고 여러분의 글을 더욱 풍성하게 만들어 줄 것입니다.

『가난한 아이들은 어떻게 어른이 되는가』를 읽고 쓴 다면

이 책의 여덟 명의 주인공들은 각자 다른 원인과 상황으로 가난을 마주했지만 모두 다른 방식으로 가난을 헤쳐 나가며 성장해 나간다. 달라 보이는 그들에게서 공통의 마음 하나를 보았다. 그들은 자신이 받은 도움을 갚고 싶다는 마음으로 이 책의 인터뷰에 응했다. 따지고 보면 그들은 사는 내내 힘든 경험을 많이 했고, 받은 도움도 내가 볼 땐 아주 작은 것이었다. 가난한 집에서 태어난 사실만으로도 나였다면 원망만 했을 상황이다. 그럼에도 자신이 받은 도움이 크다고 여기고 다른 사람과 나누려고 하는 것은 가난 때문에 경험한 여러 고생을 통해 품이 넓어졌기 때문이라고 생각했다.

나는 내가 갖고 있는 재능들이 다 내 노력 덕분이라 여겼다. 그래서 그 재능으로 얻는 이익은 다 내 것이라고 생각했다. 그걸 다른 사람에게 나눠 주겠다는 마음은 단 한 번도 가져본 적이 없다. 나의 이기적이고 좁은 품이 부끄럽게 느껴졌다.

중학교 3학년 김민재

내가 해결책을 제시한다면?

얼마 전 승지홍 작가가 쓴 『인구가 줄면 정말 위험할까?』를 읽으며 인구 문제와 식량 위기에 관해 얘기를 나누던 중 한 학생이 제게 묻더군요.

"2050년엔 세계 인구가 100억 명이 넘을 거라고 큰일 났다고 그러잖아요. 그런데 우리나라는 저출산이라고 애 낳으라고 난리잖아요. 뭘 어쩌라는 거예요?"

같이 있던 학생들이 "맞아, 맞아." 하고 고개를 주억거렸어요. 다른 학생이 연이어 질문했어요.

"애 낳으면 정부에서 돈을 준다고 하잖아요. 우리나라는 경제력이 큰 나라인데도 아이를 안 낳는데, 우리나라보다 경제가 좋지 않은 나라에선 왜 출산을 많이 하는 거예요? 돈을 주는 게 해결책이 된단 말이에요, 안 된단 말이에요?”

“근데 해결책이 된다고 해도 돈 때문에 아이를 낳거나, 낳지 않는다는 게 옳은 거예요?”

독서 수업을 하며 책을 많이 읽더니 질문 수준이 높아져서 식은땀이 나더군요. 학생들 말대로 참 어렵습니다. 문제의 원인이 복잡할수록 해결책을 떠올리기가 쉽지 않아요. 우리가 전문가도 아닌데 만능 도깨비방망이처럼 뚝딱 해결책을 생각하긴 어렵지요.

내가 꼭 해법을 찾아야 하는 건 아닙니다. 지식 교양서는 다루는 소재와 주제에 대한 문제의식이 뚜렷하고 저자가 생각하는 해결 방법도 분명하게 제시된 경우가 많습니다. 책을 읽으면서 저자가 제시한 방법의 실현 가능성이나 변화에 대한 기대감 같은 짧은 소감을 덧붙일 수도 있고, 비판적으로 나의 생각을 전개해 볼 수도 있습니다.

소설도 마찬가지입니다. 주인공이 처한 고민의 원인을 생각해 보고 그 해결책을 찾아보는 거예요. 작가가 현재를 배경으로 하든, 일제 강점기를 배경으로 하든, 100년 뒤 미래 사회를 그리든 현실의 우리가 공감하고 이해할 수 없는 고민과 문제를 제시하는 일은 드물거든요. 오랜 시간 가치를 인정받은 고전 소설들도 시대와 관계없이 공명할 수 있는 문제의식을 담고 있어요. 독자인 우리는 그걸 찾아서 오늘날의 관점에서, 나의 입장에서 해결책을 제시하면 됩니다.

하퍼 리의 소설 『앵무새 죽이기』는 억울한 누명을 쓴 흑인의 변호를 백인 변호사가 맡게 되면서 갈등이 격화됩니다. 소설 속 인종 차별 문제가 남의 나라 이야기라서, 백 년 전 이야기라서 공감하기 어렵다는 학생들을 자주 봅니다. 과연 그럴까요? 러시아에서 한국으로 귀화한 오슬로대학교의 박노자 교수는 한국 사회의 차별을 'GDP 인종주의'라는 말로 개념화했습니다. 외국인을 대할 때 부자 나라에서 왔는지, 가난한 나라에서 왔는지에 따라 태도가 달라진다는 거죠.

제가 사는 통영에는 양식장이나 조선소에서 일하는 외국인이 많습니다. 제가 학생들과 토론해 보면 베트남, 중국, 태국 출신을 '외국인 노동자'라고 부르는 데는 거부감이 없으면서, 영어 학원에서 일하는 캐나다, 미국 출신을 '외국인 노동자'라고 하면 고개를 갸웃하며 '외국인 강사' 또는 '회화 선생님'이라고 정정합니다. 이건 '외국인'과 '노동자'에 대한 이중 차별이 아닐까요? 사실 우리 사회의 차별과 혐오 문제는 심각한 수준입니다. 인종, 국가, 계급, 세대, 성별, 성적 지향, 장애 여부 등으로 나누고 비난하는 것을 넘어서 상대방의 존재 자체를 인정하지 않는 쪽으로 격화되고 있어요. 어떻게 해결할 수 있을까요?

『앵무새 죽이기』에서 백인인 핀치 변호사는 딸 스카웃에게 누군가를 정말로 이해하려면 그 사람의 입장에서 생각해야 한다고 말합니다. 한 사람을 이해한다는 것은 '그 사람 살갗 안으로 들어가 그 사람이 되어서' 걸어 다니는 것과 같다면서요. 여섯 살인 스카웃은 처음엔 제대로 이해하지 못하지만, 마을에서 벌어지는 이상한 일들을 지켜보며 결국 아버지의 말을 이해하게 되지요.

누구나 외국에 나가면 이방인이 됩니다. 누구나 질병이나 노환, 사고로 장애를 얻을 수 있고, 재난으로 빈곤에 빠질 수 있어요. 그렇다고 이런 괴로움들을 직접 겪어야만 이해할 수 있는 건 아닙니다. 직접 경험하지 않아도 책을 통해 간접 경험할 수 있으니까요. 책 속에 등장하는 수많은 이방인과 소수자의 살갗 안으로 들어가 그 사람이 되어 걸어 보는 것이죠.

고민의 해결책을 찾을 때도 원인을 따져 볼 때와 마찬가지로 개인이 할 수 있는 것과 사회가 해야 할 것을 나누어 생각해 보면 좋습니다. 예를 들어 외모 지상주의에 대해 개인이 실천할 수 있는 해결책으로 '거울을 너무 자주 보지 않겠다. 나와 남의 외모를 비하하는 말을 쓰지 않겠다.'처럼 내가 실천할 수 있는 방법들을 쓸 수 있어요.

사회적 관점에서는, 다수 구성원의 생각이 바뀌는 인식 개선과 국가적 차원에서 법과 정책을 바꾸는 제도 개선을 요구할 수 있습니다. 또 다수의 인식이 바뀌려면 아무래도 교육이 필요하겠지요? 정책적으로는 성형 광고를 제재하는 제도 마련에 대해 생각해 볼 수 있겠네요. 소셜 미디어나 버스, 지하철 등에서 너무 쉽게 자주 성형 광고에 노출되면, 성형을 해서라도 도달해야 하는 미의 기준이 있다고 생각하게 될 테니까요.

거창하지 않아도 좋아요. 내가 바라는 미래를 상상하며 해결책을 생각해 보고 글로도 정리해 보는 겁니다.

『가난한 아이들은 어떻게 어른이 되는가』를 읽고 쓴다면

가난의 원인은 매우 개별적이다. 각각의 가난을 해결하기 위해서는 빈곤 당사자들의 개별적인 목소리를 듣고 원인을 찾고 그에 맞는 지원 정책을 마련하는 것이 요구된다. 예를 들어 이 책에 나오는 소희처럼 관계 맺기를 어려워하고 그로 인해 문제 행동이 반복되면 그에 맞는 상담이 필요하다. 이를 위해선 사회 복지사, 지역 아동 센터, 복지관 직원, 심리 상담사 등의 역할이 늘어나야 하고 그들에 대한 대우가 더 좋아져야 한다. 기본적으로 지금보다 훨씬 높은 급여와 복지 혜택, 그 분야에 대한 교육 기회를 더 많이 제공해야 한다. 또한 사회적으로 복지, 돌봄과 관련된 직업의 중요성을 고취시키고, 이들에게 사회적 명예가 주어지는 환경을 만들어야 한다고 생각하게 되었다.

중학교 3학년 김민재

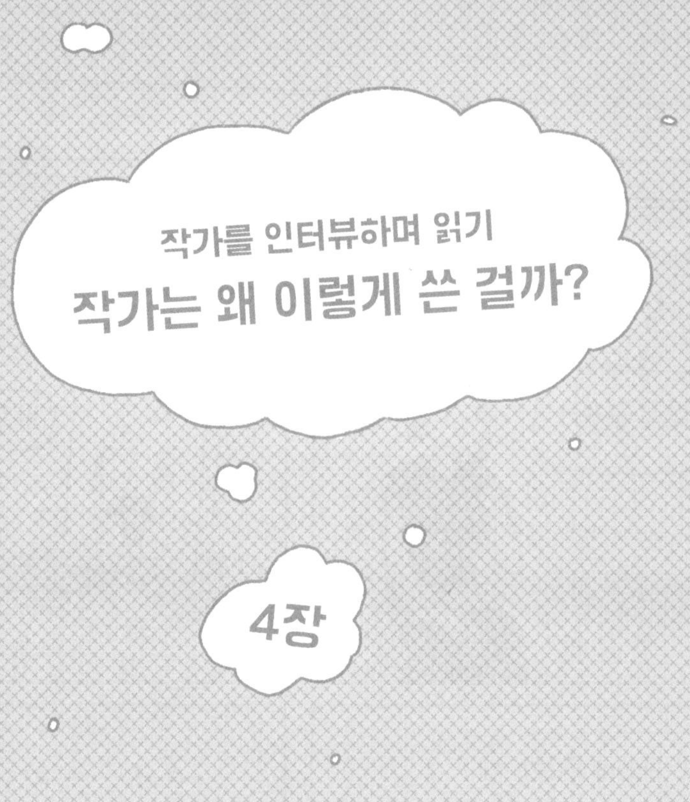
작가를 인터뷰하며 읽기
작가는 왜 이렇게 쓴 걸까?
4장

안녕하세요,
작가님.
만나서
반갑습니다!

어마어마하게 많이 쓴
무지무지하게 유명한 작가
반갑습니다~.

작가님께 궁금한 게
참~ 많습니다!
질문 목록
100+

허
억

작가는 왜 이 시점으로 썼을까?

지식 교양서에서 독자에게 말하는 사람, 즉 화자는 대부분 작가입니다. 『동물들의 위대한 법정』처럼 동물의 시점으로 생물 다양성을 알기 쉽게 쓴 책도 있지만 대부분은 작가가 독자에게 직접 말을 걸거나 설명하는 화법으로 새로운 정보나 의견을 전달하지요.

소설은 다릅니다. 이야기에 따라 서술자 시점이 다르기 때문에 이것을 파악하는 것이 매우 중요합니다. 이야기를 전달하는 사람인 서술자에 따라 '일인칭 주인공 시점' '일인칭 관찰자 시점' '작가 관찰자 시점' '전지적 작가 시점'으로 나뉩니다. 국어 시험 아니니까 긴장하진 마세요.

작가는 소설을 쓰기 전에 어떤 시점으로 쓸지 고민합니다. 서술자를 결정할 때 '코·카·콜·라·맛·있·다' 같은 게임이나 '사다리 타기'로 고를 수는 없죠. 작가는 소설의 주제와 분위기를 가장 잘 전달할 수 있는 시점을 고심해서 선택하게 됩니다. 이때 독자도 매우 중요한 요소예요. 예를 들어 열 살 미만의 어린 독자가 읽을 동화라면 인물의 감정이나 생각이 쉽게 전달되도록 '전지적 작가 시점'을 선택하는 작가가 많을 거예요. 전래 동화, 이솝 우화, 안데르센 동화 등을 떠올려 보면 이해가 될 겁니다.

어린이나 청소년의 성장을 주제로 한 소설에서는 '일인칭 주인공 시점'이 자주 등장합니다. 내면의 변화를 가장 치열하게 보여 줄 수 있는 서술자는 바로 주인공 자신일 테니까요. 『위저드 베이커리』의 주인공은 열 살 무렵 점점 말수가 줄었고 나중에는 심각하게 말을 더듬게 된 열일곱 살 소년입니다. 주인공은 어린 시절 엄마의 죽음을 목격했고 또 지금은 새엄마에게 폭언을 들으며 정신적 학대를 당하지요. 게다가 의붓동생인 무희를 성폭행했다는 오해까지 받아요. 너무나 엄청난 일의 연속이다 보니 독자들이 주인공에게 선뜻 마음을 열기 어려울 수 있습니다. 공감하기 어려울 테니까요.

주인공은 집에서는 밥도 먹지 않고 밖에서 빵으로 끼니를 때웁니다. 빵이라면 지긋지긋하다고 말하면서도 위저드 베이커리에 가서 하루가 멀다고 종류별로 다양한 빵을 맛봅니다. 도대체 왜 이러는 걸까요? 주인공은 여섯 살 때 엄마에 의해 지하철역에 버려졌는데, 그때 엄마는 주인공의 주머니에 비상식량으로 빵을 넣어 줬어요. 즉 주인공에게 빵은, 버려졌다는 아픈 기억과 동시에 엄마의 사랑을 떠올리게 하는 상징입니다. 정신적으로 힘든 상황에 몰리자 보호받고 싶고 사랑받고 싶은 마음은 오히려 커져서 그날 지하철역에서 먹었던 빵 맛을 찾아 헤매는 거예요. 얼른 이해하기 어려운 행동과 감정에 대해 일인칭 시점인 주인공의 목소리로 속마음을 들려주니 독자는 갸우뚱했던 고개를 끄덕이며 이야기를 따라갈 수 있게 됩니다.

만약 일인칭 주인공 시점인데 주인공이 너무 눈치 없고 답답하다면 어떨까요? 김유정의 『동백꽃』이 바로 그런 이야기입니다. 저는 이 소설을 읽을 때 점순이가 자길 좋아해서 관심을 표현하는 줄도 모르고 괴로워하는 주인공이 답답하기도 하고 순수해 보이기도 했어요. 그런데 언젠가 『동백꽃』으로 수업을 하다 깜짝 놀란 적이 있어요. "소설 재밌었지?"

라고 물었는데 학생들이 "예? 선생님은 이게 재밌어요?" "완전 스릴러 아니에요? 무섭던데……."라고 하더군요. 오잉? 놀라서 눈을 크게 뜬 제게 "여자애가 남자애를 엄청 괴롭혀서 나중에 남자애가 여자애네 닭을 죽여 복수하는 이야기잖아요."라고 하더군요. 좀 놀라긴 했지만 주인공 시점에 몰입하면 그렇게 읽을 수도 있겠다는 생각이 들었어요. 괴롭힘은 애정 표현이 될 수 없다는 생각에도 수긍이 되었고요.

한편, 어른들의 편견과 혐오를 비판하고 싶을 때 어린이를 서술자로 내세우면 어떤 효과가 있을까요? 어른들은 무심히 지나칠 수 있는 일이 어린이 눈에는 너무도 이상한 일일 수 있다는 사실을 효과적으로 표현할 수 있을 거예요. 어른 독자들은 때로 양심의 가책을 느끼고 심장이 뜨끔뜨끔할 테고요. 『앵무새 죽이기』가 바로 그런 작품입니다. 이 책은 1930년대 미국의 인종 차별 문제를 여섯 살 소녀 스카웃의 시선으로 고발하는 작품이니까요. 500쪽이 넘는 소설이라 선뜻 도전하기가 망설여진다면 그래픽 노블 버전도 있으니 꼭 한번 읽어 보길 권합니다.

하퍼 리 작가는 인종 차별이라는 민감한 주제를 다루며 왜 하필이면 어린이를 서술자로 삼았을까요? 예전에 인터넷에서 본 영상이 떠오릅니다. 친구 사이인 두 아이에게 어른들이 질문을 했습니다. "너희 둘의 다른 점은 뭐야?" 아이들은 한참을 고민하더니 한 아이가 "얘는 토마토를 좋아하는데 전 얘만큼은 좋아하지 않아요."라고 답해요. 두 아이 중 한 명은 휠체어를 타고 있었습니다. 다른 아이들에게도 같은 질문을 했는데, 누구도 피부색이나 성별, 장애 여부 같은 것에서 차이를 말하지 않았어요. 아이들에게 중요한 건 좋아하는 음식이나 사는 동네, 성격 같은 것이었죠. 모든 사람은 평등하다고 가르치면서 정작 차별의 안경을 끼고 세상을 보는 것은 어른이란 걸 알려 주는 영상이었습니다. 어린이의 눈으로 보면 어른들의 편견, 혐오가 발가벗겨진 듯 드러납니다.『앵무새 죽이기』의 작가는 이런 효과를 노린 게 아닐까요?

책에서 작가가 선택한 서술자가 누구인지, 어떤 태도로 이야기를 전달하고 있는지 잘 살펴보세요. 작가가 전달하고자 하는 메시지에 바짝 다가갈 수 있습니다.

작가는 왜 이 시대를 배경으로 잡았을까?

역사 소설이나 과학 소설을 읽고 독후감을 쓴다면 배경에 대해 한 문단 정도는 쓰는 게 좋습니다. 시대적 배경과 공간적 배경의 특수성이 이야기에서 매우 중요한 역할을 하기 때문이에요. 가령 루이스 로리의 『기억 전달자』에서는 구성원 간의 갈등을 최소화하고 효율성을 극대화하기 위해 사람들의 감정을 제거한 사회라는 설정이 무척 중요합니다. 이런 통제 사회 이전에 있었던 전쟁에 대한 이해도 필요하고요. 배경 이해 없이는 주인공 조너선이 '기억 보유자'가 되어 진실을 깨닫고 갈등하는 과정에 몰입하기 힘들기 때문입니다.

또 작가가 그 책을 쓴 시기가 작품을 이해하는 데 중요한 요소가 되기도 합니다. 조지 오웰의 『동물농장』은 제2차 세계 대전이 막 끝난 1945년 8월에 출판된 책이에요. 당시에는 소련이란 나라가 있었습니다. 소련은 '소비에트 사회주의 공화국 연방'을 줄인 말로, 오늘날 러시아를 비롯해 여러 나라가 속해 있었지요. 1917년 레닌이 10월 혁명에 성공하면서 생긴, 세계 최초로 공산주의를 표방하는 사회주의 국가였습니다. 학생들한테 공산주의를 말하면 북한과 김정은, 핵무기부터 떠올리면서 공산주의는 무조건 나쁘다고 말하죠. 그런데 공산주의는 원래 함께 생산해서 공평히 나눠 갖자는 정치사상으로 시작했어요. 하지만 독재와 권력층의 부패로 변질됩니다. 특히 『동물농장』은 레닌과 스탈린 등 초기 소련의 공산주의 지도층을 우화로 풍자하는 작품입니다.

처음에는 모든 동물이 공평히 일하고 함께 나눠 먹지만, 돼지들은 점점 일을 하지 않고 더 많은 음식을 차지하려 합니다. 불만을 표하는 동물이 있으면 무서운 개를 앞세워 집을 주거나 아무도 모르게 없애 버리기도 합니다. 결국 돼지와 개를 제외한 동물들은 혹독한 노동과 굶주림에 시달리게 되지요. '동물농장'이 망가지는 걸 보며 독자는 소수의 권력 독점, 자유 억압, 언론 통제, 불평등한 배분의 문제점을 깨달게 됩니다.

　『동물농장』의 메시지를 제대로 이해하려면 작가가 이 책을 쓴 시대적 배경을 알아두는 것이 도움이 됩니다. 이를 통해 책에 대한 이해에서 나아가 오늘날 우리 사회에 던지는 질문이나 가치, 경고에 대해 생각의 가지를 뻗어 갈 수 있을 테니까요.

　한 권 더 예를 들어 볼게요. 토머스 모어의 『유토피아』는 어느 곳에도 없는 장소라는 뜻의 가상의 섬나라 유토피아를 배경으로 하는 이야기입니다. 1516년에 쓰인 작품이지만 오늘날 공산주의 경제 체제와 민주주의 정치 체제, 교육과 종교의 자유가 완벽하게 갖추어진 이상향을 그리고 있지요. 토머스 모어가 『유토피아』를 쓴 이유는 본인이 암울한 미래상인 '디스토피아'에 살고 있다고 생각했기 때문입니다.

　당시 16세기 근세 유럽에서는 지주들이 더 많은 이득을 노리고 미개간지나 공유지에서 농민을 내쫓고 이 땅을 사유화한 뒤, 양을 키우거나 대규모 농업을 하는 '인클로저 운동'이 한창 벌어지고 있었습니다. 우리말로 하면 '울타리 치기 운동'이라고 설명할 수 있겠네요. 쉽게 말해서 땅에 울타리를 치고 소유권을 명확히 한 것이죠. 갈 곳이 없어진 농민들은 도시로 몰리고 빈민이 되어 굶어 죽거나 병들어 죽는 일이 많았습니다. 그래서 『유토피아』에는 "양은 보통 아주 온순하고 조금밖에 먹지 않는 동물인데, 이제는 아주 게걸스럽고 사나워져서 사람들까지 먹어 치운다고 들었습니다."라는 표현이 나옵니다. 인클로저 운동으로 양을 치는 목축지가 늘고 농경지가 줄어들어 농민들이 일자리를 잃는 상황을 비유적으로 비판한 것이죠. 토머스 모어가 꿈꾼 유토피아에는 사유 재산이 없고, 국가의 자원은 모두의 것입니다. 공공 식당에서 밥을 먹으니 굶는 사람이 없고, 아프면 병원에서 무료로 치료받을 수 있지요. 어때요? 작가가 책을 쓴 당시 시대를 살펴보니 작품이 달리 보이지 않나요?

『파리대왕』을 읽고 쓴다면

1954년 발간된 『파리대왕』의 작가 윌리엄 골딩은 제2차 세계 대전에 영국 해군으로 참전했다. 전쟁 동안 약 5000만 명의 군인이 죽었고, 민간인까지 합하면 1억이 넘는 사람들이 죽고 다쳤다고 한다. 그중에는 아우슈비츠 수용소의 유대인을 비롯해 전투 때문이 아니라 단지 증오 때문에 살해당한 사람들도 있다.

전쟁의 한가운데서 골딩은 인간이란 어떤 존재라고 생각했을까? 내가 살기 위해 남을 죽이는 행위에 아무런 죄책감을 느끼지 않고 사람을 전쟁의 도구로 취급하는 것을 목격하면서, 작가는 인간의 마음속에 도사리고 있는 것은 아마도 악한 본성이라 확신했을 것 같다. 무인도에 떨어진 소년들이 힘을 합쳐 대처하며 구조를 기다리는 대신, 서로 죽이게 되는 결말을 상상한 이유는 그가 끔찍한 전쟁을 겪었기 때문일 것이다.

중학교 3학년 박진서

작가 이름이 익숙하다면?

작가에게 관심을 갖는 학생을 본 적이 별로 없습니다. "좋아하는 작가가 있어?"라고 물으면 "있어요!"라고 대답하는 학생은 열 명 중 한 명도 되지 않아요. 그나마도 절반 이상이 "조앤 롤링이요!"라고 대답했고, 나머지는 그때그때 달랐지요.. 그런데 언젠가부터 "이꽃님 작가 아세요?"라고 말하는 학생들이 생겨났어요. 『죽이고 싶은 아이』라는 베스트셀러의 힘을 느끼는 순간이었습니다. 이꽃님 작가는 『세계를 건너 너에게 갈게』 『당연하게도 나는 너를』 『여름을 한 입 베어 물었더니』까지 출간하는 작품마다 청소년들의 큰 사랑을 받고 있지요.

사실 저는 좋아하는 작가가 자주 바뀝니다. 그래서 "저는 ○○○ 작가의 오랜 팬이에요."라고 말하는 사람을 만나면 좀 부럽기도 해요. 나도 누군가의 '덕후'가 되고 싶은 기분, 여러분은 아실까요?

특정 작가를 좋아해서 그 사람이 쓴 작품을 다 읽는 것을 '전작주의 독서'라고 합니다. 제가 지금까지 출간작을 다 읽은 작가는 딱 세 명이었습니다. 인터뷰, 르포, 에세이를 쓰는 은유 작가와, 소설을 쓰는 김애란, 황정은 작가입니다. 이분들의 신간이 나오면 무조건 사고 봅니다. 한 번도 실망한 적 없는, 말 그대로 '믿고 읽는' 작가예요.

소설가의 전작을 읽어 보면 그 사람 특유의 문체와 세계관을 이해하게 됩니다. 마블스튜디오에서 제작하는 히어로 영화의 '마블 유니버스'처럼 '김애란 유니버스' '황정은 유니버스'가 존재하는 것이죠. 작가가 오랜만에 신작을 낸다면 그동안 변화된 가치관과 문학적 성장도 엿볼 수 있습니다. 따라서 작가의 전작을 살펴보는 건 책을 이해하는 데 도움이 되는 것은 물론이고 독후감의 수준도 한층 높여 줄 거예요. 비슷한 이유로 지식 교양서라면 작가의 경력과 전문 분야를 살펴보는 것이 좋습니다.

　좋아하는 작가의 책을 읽었다면 그 작가에 대해 조사하고 새로 알게 된 사실을 독후감에 써 보세요. 인터넷에서 검색하면 작가의 인터뷰가 실린 기사도 찾을 수 있으니 참고할 수 있을 거예요. 좋아하는 작가가 아니더라도 간단한 이력을 찾아보면 작품과의 관계에서 중요한 포인트를 발견할 수도 있을 거예요. 그러다 보면 그 작가에게 관심이 생길 수도 있고, 그 작가의 다른 작품이 궁금해질 수도 있습니다. 이런 과정을 통해 어쩌면 나에게도 좋아하는 작가가 생길지도 몰라요!

　여러분이 언젠가 유명한 사람이 되었을 때 인터뷰에서 "좋아하는 작가가 있나요?"라거나 "삶에 영향을 준 작가가 있나요?"라는 질문을 받는다면 뭐라고 답하실 건가요? "물론이죠. 저는 김화수 작가의 책을 읽고……." 하하! 혹시 모르니까 언제 어디서든 좋아하는 작가의 이름을 당당히 말할 수 있도록 지금부터 단단히 대비해 두자고요. 저도 여러분의 '최애' 작가 후보에 올라갈 수 있도록 최선을 다해 쓸게요.

『동물농장』을 읽고 쓴다면

조지 오웰은 탄광 노동자들에 대한 이야기인 『위건 부두로 가는 길』을 쓰기 위해 직접 광부 생활을 하기도 했다. 빈민과 노동자들의 삶을 온몸으로 경험한 것이다. 열심히 일하지만 제대로 된 대우를 받지 못했던 노동자들은 곧잘 빈민으로 내몰렸다. 게을러서가 아니라 소수가 부와 권력을 독점하는 세상이었기 때문이다. 또 조지 오웰은 공산주의든 자본주의든 자칫하면 전체주의로 타락할 수 있다고 생각했다. 영국의 식민지였던 인도에서 제국 경찰로 근무한 경험도 전체주의를 경계해야 한다는 생각에 영향을 주었을 것이다. 당시 경험은 작가의 첫 장편 소설인 『버마 시절』에 담기기도 했다. 게다가 인간이 다른 인간을 부려 먹고 학대하는 건 제국주의도 공산주의도 자본주의도 마찬가지라고 생각했던 것 같다. 그래서 동물의 모습을 통해 전체주의를 비판하는 이야기를 쓴 것 같다.

작가는 왜 이런 비유와 상징을 사용했을까?

국어 시간에 비유와 상징에 대해 배운 적이 있을 거예요. 주로 시를 배울 때 등장하는 용어지만, 시를 포함한 모든 문학 작품에서 비유와 상징을 찾고 해석하는 것은 매우 중요합니다. 작가는 작품의 분위기를 형성하거나 주제를 효과적으로 전달하는 전략으로 비유와 상징을 사용하거든요. 따라서 비유와 상징은 작가의 의도를 파악하고 해석하는 데 중요한 디딤돌이 되고, 이를 통해 독자는 작품의 본질에 더 다가갈 수 있습니다.

윌리엄 골딩의 『파리대왕』은 비유와 상징을 공부하기에 아주 좋은 소설입니다. 한 무리의 소년들이 비행기 사고로 무인도에 고립되면서 이야기가 시작됩니다. 리더를 뽑고, 그 나름의 규칙을 만들고, 먹을 것을 구하고, 구조 요청을 위해 불을 피우는 등 누구나 납득할 수 있는 안전한 방향으로 이야기가 흘러갑니다. 그러나 시간이 지날수록 소년들의 불안은 커지고 갈등이 고조되지요.

섬의 소년 중 랠프는 불을 지키는 게 무엇보다 중요하다고 합니다. 불이 의미하는 바는 무엇일까요? 어쩌면 문명 세계와 연결되고자 하는 간절한 열망을 상징하는 것 아닐까요? 반면 잭은 불을 지키는 것보다 고기를 구하는 게 우선이라고 생각합니다. 잭은 점차 사냥에서 멧돼지를 죽이며 쾌락을 느낍니다. 얼굴에 피를 칠하고 고기에 탐닉하는 모습은 왠지 문명 이전의 세계를 상상하게 만듭니다. 또 랠프는 회의에서 소라고둥을 든 사람만 발언할 수 있다는 규칙을 만드는데, 소라고둥은 최소한의 민주적 절차를 상징한다고 할 수 있죠. 그러나 소라고둥은 잭에 의해 파괴되고 말아요. 이런 잭의 행동의 의미까지 생각하다 보면 작가가 작품을 통해 말하고자 하는 바에 더 가까이 접근할 수 있습니다.

작가는 인물의 이름에 상징적 의미를 부여할 수도 있습니다. 백온유 작가의 『유원』은 주인공 이름이 그대로 책 제목이 되었어요. 제목이 될 정도라면 이름이 무척 중요한 것이 겠지요. 이럴 땐 작가가 왜 이런 이름을 지었을까도 생각해 보세요. 소설 속에서 주인공 유원의 이름은 언니가 지어 준 것이에요. 원하다, 희망하다는 뜻의 '원'이죠. 그런데 '원'을 영어 one으로도 읽을 수 있잖아요? 그럼 어떤 의미가 될까 요? 혹시 'You (are only) one'은 아닐까요? 작가의 의도를 자 유롭게 해석해 보는 겁니다.

소설은 그냥 읽어도 재밌지만, 해석하며 읽으면 뿌듯함까 지 얻을 수 있습니다. 마치 탐정처럼 단서를 하나하나 모아 서 사건의 진실에 다가가는 기분이 들거든요. 물론 사람마 다 해석이 다양할 수 있어서 내 생각이 작가의 의도와 다를 수도 있어요. 작가를 만나 물어보면 "네? 전 그런 생각은 안 해 봤는데요?"라고 반응할 수도 있습니다. 하지만 열 명의 사람이 읽으면 열 개의 해석이 나오는 게 문학의 매력이지 요. 너무 엉뚱하거나 정반대의 해석만 아니면 괜찮습니다. 작가도 자기 작품이 하나의 이야기로 읽히는 것보다 다양하 게 해석되면 더 좋지 않을까요? 뻔하지 않고 다양하게 읽히 는 이야기라면 더 많은 사람에게 오랫동안 사랑받을 수 있 을 테니까요!

『순례 주택』를 읽고 쓴다면

어른은 자기 힘으로 살아 보려고 애쓰는 사람이라고 순례 씨는 말한다. 자기 힘으로 살아 보려고 애쓰다 보면 그것이 얼마나 힘든지 알게 된다. 온전히 자기 힘만으로 사는 사람은 없다는 사실도 덩달아 알게 될 것이다. 그리고 언젠가 나도 주위 사람들을 돕게 되기를 바라게 된다. 이게 바로 진짜 어른들이 사는 세상이 아닐까? 혼자 살아갈 수 있다고, 내가 잘사는 건 오로지 내가 잘나서라고 생각하면서 다른 사람을 무시하고, 뭐든 돈으로 가치를 평가하는 사람들이 사는 세상은 너무나 끔찍하다.

나는 순례 주택 사람들이 이상적인 공동체를 만들고 사는 모습이 부러웠다. 내가 사는 세상은 오히려 책에 나오는 원더 그랜디움 아파트에 가까운 것 같다. 수림이가 그곳을 박차고 나왔듯이 나 또한 그럴 수 있을 거라 생각한다. 책에서 가르쳐 준 대로 나도 '자랑할 게 비싼 아파트밖에 없는 어른'이 되지 않고 '감탄사를 많이 사용하고, 과일을 먹게 해 준 분들께 감사하며, 성 밖의 삶을 두려워하지 않는 어른'이 되기 위해 애쓸 것이다.

작가의 문제의식은 무엇일까?

독후감을 쓸 때 가장 중요한 것은 '작가는 무얼 말하고 싶어서 이 책을 썼을까?'에 대한 나의 답을 찾는 것입니다. 즉 주제 찾기죠. 작가가 아무런 주제 의식 없이 책을 냈을 가능성은 매우 희박하거든요. 세상에 어떤 출판사가 그런 책을 내 주겠어요? 그러니 작가가 도대체 무얼 말하고 싶었는지, 왜 그렇게 고민했는지 우리가 딱 맞혀 주면 좋겠죠? 작가가 독자에게 전달하고자 하는 메시지, 그게 바로 주제입니다.

주제를 찾을 때 '작가의 말'을 참고하는 건 좋은 방법입니다. 많은 학생이 작가의 말을 읽지 않고 넘기는데, 앞으로는 책의 맨 앞 또는 맨 뒤에 담긴 작가의 말이나 역자 후기, 심사평, 평론 등도 챙겨 읽어 보세요. 작품 해석에 많은 힌트를 얻을 수 있고, 책에 대한 생각을 근사하게 쓰는 법도 배울 수 있거든요.

가령 『죽이고 싶은 아이』의 이꽃님 작가는 작가의 말에서 이렇게 쓰고 있습니다. "나는 종종 진실에 대해 생각하곤 한다. 진실은 사실 그대로인 것인지, 아니면 사람들이 원하는 대로 만들어지는 것인지."라고요.

작가는 서은이의 죽음을 둘러싼 수많은 사람의 증언을 나열하며 '보고 싶은 대로 보고, 믿고 싶은 대로 믿는다면 과연 진실이란 존재할 수 있을까?' 'n명의 사람이 n개의 진실을 말하면 진실을 찾는 의미가 있을까?' '우린 누구를 믿을 수 있을까?' 하는 질문을 던집니다. 여기에 책을 읽은 독자로서 대답해 보는 겁니다. 진실의 가치는 무엇이고, 진실을 추구하기 위해 어떤 자세를 취해야 할지 고민해 보고 나만의 답을 써 보세요. 모르면 모른다고 쓰는 것도 여러분만의 대답이니 너무 어렵게 생각하지 않아도 됩니다. 중요한 건 내 생각을 펼치고 글로 써 보는 것이니까요.

사회와 단절된 병은 없다고 말하는 김승섭 작가의 『아픔이 길이 되려면』은 로세토 마을 이야기로 끝을 맺습니다.

1960년대 미국 펜실베이니아의 로세토 마을은 이탈리아 이민자들이 모인 공동체였습니다. 이 마을은 주변 지역과 비교해 유난히 심장병 사망률이 낮았다고 해요. 이에 의문을 품은 사람들이 연구를 시작했지만 명확한 원인을 찾지 못합니다. 다만 눈에 띄는 특징은 그들의 '공동체 문화'였습니다. 로세토 사람들은 계층 차를 중요하게 생각하지 않았고, 어려운 일을 당한 사람이 있으면 너나없이 나서서 도왔습니다. 부모가 사망한 아이를 함께 돌보고, 파산한 가족이 있으면 경제적으로 지원했습니다. 이러한 상호 부조 문화가 심장병 사망률에 영향을 미친 건 아닐까요?

세월이 흘러 로세토 공동체는 붕괴되었습니다. 자본주의가 깊숙이 침투해 개인의 쾌락을 중시하고 부를 과시하는 문화가 생겨났기 때문이죠. 젊은이들은 교육과 취업 때문에 다른 지역으로 떠나 돌아오지 않았어요. 이를 기점으로 로세토 마을에도 심장병 사망률이 급속히 승가하게 됩니다. 이 책의 저자는 "로세토 이야기는 어떤 공동체에서 우리가 건강할 수 있는지"에 대해 질문을 던진다고 말합니다. 그리고 "개인이 맞닥뜨린 위기에 함께 대응하는 공동체, 타인의 슬픔에 깊게 공감하고 행동하는 공동체"의 힘을 보여 주는 사례라고 말하며 책을 마칩니다. 아픈 사람들이 왜 아픈지, 얼마나 아픈지를 들여다보면 그들과 나 사이에 길이 생겨납니다. 그 길을 통해 내가 아플 때 누군가가 다가와 나를 들여다보려 애쓰게 될지도 모릅니다. 저자는 제목처럼 '아픔이 길이 되어' 서로의 연약함을 존중하는 연대의 길을 만들 수 있다고 말하는 건 아닐까요?

다시 말하지만, 책의 주제를 파악하는 것은 독서에서 '가장' 중요하다고 할 수 있어요. 중요한 만큼 어렵기도 해요. 그래서 학생들이 읽고 쓰는 과정에서 가장 골치 아파하는 부분이죠. 그러나 저는 글쓰기를 지도할 때 작가의 의도와 주제에 대한 문단을 꼭 쓰라고 강조합니다. 독후감에서 가장 의미 있는 질문이라고 생각하기 때문이에요. 독서라는 건 결국 다른 사람의 말에 오래 집중해서 귀를 기울이는 일입니다.

비평가의 시선으로 읽기
책에 별점을 매긴다면?
5장

별 네 개!
반 개 말고
하나만 더 줘, 더 줘!
별들아
가랏!
대기 줄

요즘 뉴스와 연결해서 생각해 볼까?

여러분, 빵 좋아하시나요? 저는 무척이나 좋아해요. 건강을 생각해서 많이 먹진 않지만, 가끔 빵이 너무 '고플' 때면 편의점에 가서 어릴 때부터 좋아하던 빵을 사 먹어요. 그런데 어느 날부터 그 빵을 집어 들 때 마음이 힘들어졌어요. 그 빵을 만드는 회사에서 노동자들이 죽고 다치는 일이 있었거든요.

은유 작가의 『알지 못하는 아이의 죽음』은 2014년 겨울, 장시간 노동과 회사 내 폭력을 견디다가 생을 마감한 현장실습생 김동준 군의 죽음을 기록한 책입니다. 김동준 군을 기억하는 사람들의 인터뷰를 엮은 것이지요. 이 책을 읽다 보면 그간 봐 온 수많은 노동자의 사망 사고 뉴스를 떠올리게 됩니다. 우리 사회에는 출근한 뒤 집으로 돌아가지 못한 사람이 많습니다. 고용노동부 자료를 보면 2022년에는 총 2223명이, 2023년에는 2016명이 산업 재해로 사망했어요. 일터에서 다친 사람은 한 해에 13만 명이 넘고요.

이 책을 함께 읽던 중에 한 학생이 이런 말을 하더군요.

"선생님, 이래서 저는 노동자가 되지 않을 거예요. 공부 잘해서 경영자가 될 거예요."

여기서 학생이 말한 경영자가 사장을 의미할 수도 있고, 기업의 임원을 뜻할 수도 있습니다. 우리나라 경제 활동 인구 중 70퍼센트 이상이 노동자고, 25퍼센트 정도가 자영업자예요. 기업가는 5퍼센트도 되지 않을 거예요. 5퍼센트 안에 들기 위해 애쓰기보다, 95퍼센트가 안전하고 행복한 노동 환경을 만드는 것에 힘쓰는 게 더 낫지 않을까요? 게다가 공부를 잘한다고 해서 기업가나 경영자가 되는 것도 아니지요. 또 기업의 경영자가 된다 해도 대다수 사람이 불행한 일터와 세상에서 나만 행복하긴 어렵습니다. 사회가 불안하면 나를 보호하기가 어려워질 테니까요.

토머스 모어의 『유토피아』에서 유토피아에 사는 주민들은 하루 여섯 시간만 일합니다. 저마다 본인의 능력에 맞는 일을 하고, 자유 시간에는 놀고 공부하고 쉽니다. 실제로 2024년 기준 유럽을 중심으로 '주 4일제' 도입을 논의 중인데, 프랑스는 주 35시간, 노르웨이와 덴마크는 각각 37시간 근무로 노동 시간을 점차 줄여 가고 있습니다. 미국에서도 주 4일제 노동에 관한 토의와 실험이 이루어지고 있고요. 그런데 우리나라에서는 반대로 현재 주 52시간까지 허용한 기준을 주 69시간까지 유연하게 적용하도록 바꾸어야 한다는 목소리가 나오고 있어요.

보통 우리나라 직장인들은 하루 여덟 시간을 일합니다. 그런데 여기에는 출근 준비하는 시간, 출퇴근 이동 시간도 있어요. 야근이나 회식까지 더하면 우리나라 어른들은 이미 하루에 열 시간 넘게 일하는 데 쓰고 있는 셈이에요. 퇴근이 늦어지면 사람들은 취미를 즐길 수도, 연애를 하거나 자녀를 돌볼 수도 없어요. 하물며 우리나라는 저출산 분세가 심각한데, 아이를 낳고 돌보려면 일단 집에 일찍 들어가야 하지 않을까요? 『유토피아』는 무려 500년 전 책이지만, 지금 대한민국의 현실을 돌아보게 합니다.

책을 읽다가 비슷한 사건과 이슈가 떠오르면 관련 키워드를 넣고 뉴스를 검색해 보세요. 혹시 작가가 글을 쓰게 만든 사건이 있다면 그 일에 대해 조사해 보고 책 내용과 비교하며 내 생각을 키우고 덧붙여 보세요. 소설도 마찬가지입니다. 소설 속 사건과 인물은 허구지만, 이 세상에 아예 존재할 수 없는 사람들이 아니거든요.

『유원』의 주인공 유원은 기억도 못 할 어린 시절에 아파트에 불이 났고 언니에 의해 11층에서 던져졌습니다. 이후 유원은 늘 자신을 살리고 죽은 언니 몫까지 잘 살아야 한다는 말을 들으며 살죠. 유원은 '생존자'라는 말을 떠올리게 합니다. 불의의 사고 또는 예견된 참사. 그곳에는 피해자만 있는 게 아니에요. 생존자도 존재하죠.

2014년 4월 16일, 세월호 참사가 있었습니다. 당시 "우리는 단원고 2학년 학생입니다"라는 제목으로 소셜 미디어에 올라온 호소문이 기억납니다. 거기에는 "함께 빠져나오지 못한 친구들을 생각할 때마다 먹고, 자고, 웃고 떠드는 모든 일들이 죄짓는 일 같다." "웃고 싶을 때도 있지만 그 모습을 보고 오해할까 봐 웃지를 못하겠다."라는 글이 적혀 있었어요. 유원도 비슷한 심정이 아니었을까요? 주변 사람들의 사랑을 받던 언니가 죽고 자기가 살아남았다는, 차라리 내가 죽는 편이 모두에게 좋았을 거라는 죄책감에 시달립니다. 게다가 사람들은 언니가 준 삶이니 언니 몫까지 두 배로 열심히 살라고 당부합니다. 유원의 삶이 그들에게 무엇 하나 빚진 것이 없음에도 사람들은 쉽게 그런 말을 합니다.

세월호 참사의 생존자와 유원의 삶이 겹쳐 보이지 않나요? 유원은 세월호 생존자는 아니지만 생존자가 느낄 마음의 짐을 이야기한다는 점에서, 저는 이 책을 읽으며 세월호 사건이 떠올랐고 세월호 가족들의 마음을 상상해 보게 되었습니다. 저처럼 책을 읽으며 어떤 사건이 떠올랐다면 책에 대한 소감을 쓸 때 그 사건에 대한 자신의 생각과 감상을 써 보는 것도 좋습니다.

우리는 이미 알고 있던 일을 소설 속에서 만나거나, 몰랐던 일을 소설 덕분에 마주하게 됩니다. 만났다면 더 깊이 관심을 가져 주세요. 소설이 이끈 그곳에서 여러분을 기다리고 있는 얼굴을 마주하고 한 걸음 다가가 보길 바랍니다.

『가장 보통의 차별』을 읽고 쓴다면

현재 우리 사회는 젠더 갈등이 심각하다. 최근에 '비출산을 결심한 여성들'이라는 기사를 보았다. 아이를 낳지 않는 여성들에게 너무 쉽게 '이기적'이라는 비난이 따라붙는 것 같다. 이런 비난은 출산이 여성의 의무라고 생각하는 관점에서 비롯된 것이다. 여성들이 출산을 꺼리는 가장 큰 이유 중 하나는 우리 사회의 성차별이다. 한국 사회에서는 임신과 출산, 양육의 책임이 대부분 여성에게 있다. 최근 딥페이크 사건 관련 기사 댓글을 보면 "엄마들이 아들을 잘못 키워 저렇게 됐다."라는 말이 많았다. 개인주의적이고 경쟁적인 사회에서는 아이를 낳아 올바르게 키우기 힘든 것 같다. 아이를 다 키우고 나면 경력이 단절되어 현실적으로 다시 일을 시작하기가 매우 힘들다. 나는 모든 책임을 내가 지면서까지 아이를 낳고 싶지 않다. 성평등이 이루어지지 않는 한 나를 포함해 많은 여성들이 출산을 행복으로만 받아들일 수가 없을 것이다.

중학교 3학년 박진서

비슷한 주제의 다른 작품이
뭐가 있더라?

책은 잘 안 읽어도 영화나 드라마를 즐겨 보거나 웹툰, 웹소설을 좋아하는 학생이 많을 거예요. 또는 다큐멘터리를 좋아하는 학생도 있을 테고요. 내가 읽은 책과 비슷한 주제를 다룬 다른 콘텐츠를 찾아 비교하는 것도 좋은 생각거리이자 글감이 됩니다.

가령 소설 『돼지들』과 영화 〈아이 필 프리티(I feel pretty)〉를 비교해 볼 수 있겠죠. 둘 다 여성의 외모에 대한 사회적 시선을 소재로 하고 있으니까요. 소설 『기억 전달자』와 영화 〈헝거 게임〉을 비교해 보는 것도 좋아요. 둘 다 인류를 소멸시킬 만큼 큰 전쟁을 겪은 이후에 펼쳐지는 세계를 배경으로 하고 있거든요.

주의할 것은 되도록 유명한 콘텐츠 혹은 최근 콘텐츠를 비교 대상으로 가져와야 한다는 점이에요. 소수의 사람만 즐기거나 나만 아는 콘텐츠와 비교하면 특별하긴 해도 많은 사람의 공감을 끌어내기 어렵기 때문입니다. 아예 고전 명작과 비교하는 것도 좋습니다.

이꽃님 작가의 『죽이고 싶은 아이』로 학생들과 수업을 하며 저는 〈라쇼몽〉이라는 영화에 대해 이야기해 주었습니다. 1950년에 나온 너무 옛날 영화라 같이 보지는 못했어요. 그럼에도 이 영화를 예로 든 이유는 '라쇼몽 효과'를 설명하기 위해서였어요.

영화 줄거리는 이렇습니다. 살인 사건이 일어납니다. 범인으로 의심되는 산적이 관청에 잡혀 오고, 현장에 있었던 죽은 남자의 아내도 불려 옵니다. 그런데 두 사람이 전혀 다른 진술을 해요. 답답해진 사람들은 급기야 무당을 불러 죽은 남자의 영혼을 불러오게 하지만 그 영혼은 또 다른 진실을 말합니다. 급기야 마지막에는 또 다른 목격자까지 등장해 전혀 다른 말을 하니 총 네 개의 진실이 생겨 버립니다. 같은 사건을 두고 각자 생각하는 진실이 다르다는 점에서 『죽이고 싶은 아이』와 비슷하지 않나요?

라쇼몽 효과란, 같은 사실을 두고도 각자의 처지에 따라 다르게 해석하는 현상을 말합니다. 이 영화의 제목을 따온 것입니다. 이처럼 하나의 사실이 각자의 입장에 따라 각각이 추구하는 가치에 따라 달리 해석될 수 있다면, 각각이 말하는 사실을 있는 그대로 받아들일 것이 아니라 그 말이 나오기까지의 맥락을 살펴볼 필요가 있습니다. 맥락을 제거한 뒤 최후에 남는 사실을 조합하다 보면 진실에 좀 더 가까워질 테니까요.

꼭 독후감을 쓰기 위해서가 아니라도 다른 콘텐츠를 찾아보는 재미를 느끼면 좋겠습니다. 책에서 영화로, 드라마로, 음악으로 영역을 마구마구 확장해 보세요. 사고가 꼬리의 꼬리를 물며 깊어지고 새로운 사실을 알면 알수록 더 많이 알고 싶어질 테니까요.

『알지 못하는 아이의 죽음』을 읽고 쓴다면

책을 읽고 얼마 뒤 학교에서 영화 〈다음 소희〉를 보게 됐다. 책을 읽었을 때 와닿지 않았던 부분이 영화로는 확실하게 이해됐다. 소희는 콜센터에서 소위 '진상 고객'에게 괴롭힘을 당한다. 나라면 욕설을 퍼붓는 전화를 한 통만 받아도 당장 도망갔을 것이다. 그런 폭력이 지속되는 공간에서 버틴다는 것이 불가능할 것 같다. 영화는 실제 사건을 바탕으로 만들어졌다고 한다. 영화 속 소희와 책 속 동준이가 처한 상황이 비슷해 보였다. 실습 나간 회사에서 폭력적인 일을 겪었고, 주변에 도움을 청했지만 도움을 받지 못했다. 해내지 못하면 패배자라는 시선에 내몰렸고 두 아이는 결국 세상을 떠나기로 결심한다. 저출산을 걱정하며 온갖 정책을 내놓는 정부가 우습게 여겨진다. 그렇게 귀한 아이들이 일하러 가서 죽는데 국가는 도대체 무엇을 했는지 묻고 싶다.

중학교 3학년 박진서

『나는 복어』를 읽고 쓴다면

책을 읽는 내내 『데미안』이 떠올랐다. 싱클레어는 엄격한 규율과 도덕 아래 자랐다. 하지만 데미안을 만나면서 타인이나 사회가 원하는 삶이 아닌 자신이 진정으로 원하는 삶에 대해 고민하며 방황하게 된다. 데미안이 싱클레어가 알에서 깨어날 수 있도록 껍질에 금을 내 준 것이다. 나는 싱클레어의 모습이 두현이와 비슷하다고 생각했다. 두현이는 복수심과 원망으로 스스로를 좁은 알 속에 가두었다. 그러나 조부모님, 준수, 재경처럼 해야 할 일과 할 수 있는 일을 분명히 알고 그걸 하루하루 성실히 정성스럽게 해 니가는 사람들 덕분에 세상을 믿고 조금씩 알을 깨고 나올 수 있었기 때문이다.

중학교 1학년 박민지

책에 별점을 매긴다면?

웹툰이나 영화를 고를 때 '별점'을 보기도 하죠? 저도 별점과 함께 평론이나 댓글을 살핀 뒤 고르는 편입니다. 작품을 직접 다 볼 수 있는 시간이 있다면 스스로 판단하겠지만, 현실적으로 어려우니까 먼저 읽은 분들의 평가에 기대는 거죠.

책에도 별점을 줄 수 있습니다. 저는 책방 학생들에게 글쓰기를 지도할 때 이렇게 말합니다.

"별 3개 반 이상 줄 거 아니면 별점 주는 문단은 쓰지 마라."

그러면 다들 "에이, 솔직하게 평가해야 하는 거잖아요. 무조건 좋게 주란 말씀이세요?"라며 반항합니다. 억지로 별점을 잘 주란 말은 아닙니다. 보통 5점 만점에서 1~2점은 아쉬움, 3점은 보통, 4~5점은 좋음이잖아요. 부족하다고 평가한 책을 왜 힘들게 붙잡고 끝까지 읽은 뒤 글까지 쓰겠어요? 적어도 독후감을 쓰기로 한 책이라면 쓸 거리가 있어서겠지요. 책이 너무 별로라서 욕하려고 쓴다고요? 글 쓸 정도로 공을 들이다니, 그 정도 열정이면 애정 아닐까요? 글 쓰는 게 보통 귀찮고 골치 아픈 일이 아닌데요.

너무 삐딱하게 생각하지만 않는다면 여러분이 고른 대부분 책에는 장점이 있습니다. 너른 마음과 열린 자세로 책을 보지 않으면 글 쓸 거리는 영영 떠오르지 않을 거예요. 공자님이 그러셨죠? "길 가는 세 명 중 한 명에게는 반드시 배울 것이 있다."라고요. 아무나 붙잡고 얘기해도 배울 거리가 있는데, 작가가 자기 이름을 걸고 짧게는 몇 달, 길게는 몇 년을 쓴 책이라면 배울 거리, 새로운 생각 지점이 있을 거예요.

만약 어떤 책에 4.5점 점수를 주었다면 5점 만점을 주기에는 내 마음에서 무언가 살짝 부족한 게 있었단 뜻일 서예요. 그게 뭔지 생각해서 써 보세요. 제가 두 번째 책인 고양이 에세이를 냈을 때 독자 리뷰를 몽땅 꼼꼼히 읽었어요. 대부분 별 다섯 개인데, 별점을 하나 뺀 사람이 몇몇 있더군요. '고양이 사진이 없어 아쉬워요.'라는 이유가 많았어요. 저도 제 고양이를 자랑하고 싶은 마음은 굴뚝 같았지만, 사진을 너무 못 찍는지라 책에 실을 만한 게 없었다는 슬픈 사정이 있었답니다. 어쨌든 독자로서는 아쉬운 마음이 들 만한 부분이죠. 여러분도 이런 점을 찾아 쓰면 됩니다.

5점 만점을 주었다면 어떤 면에서 이 책이 완벽했는지 구체적으로 칭찬을 적으면 좋아요. 단순히 재미있다, 좋았다고만 하지 말고 적어도 두세 가지 장점을 구체적으로 쓰기를 권합니다. 소설이라면 소설의 3요소인 인물, 사건, 배경을 중심으로 생각해 보세요. 인물이 개성 있다, 공감된다, 매력적이다, 사건이 충격적이다, 흥미롭다, 배경이 잘 구성되었다, 독특한 세계관이다 등등. 지식 교양서라면 정보가 쉽게 이해되는가, 지금 필요한 지식인가, 삽화나 사진이 적절한가 등을 보고 평가할 수 있어요. 제 책에는 과연 별 몇 개가 달릴지 갑자기 식은땀이 나네요. 독자 여러분, 잘 부탁드립니다!

『알지 못하는 아이의 죽음』을 읽고 쓴다면

이 책에 별점을 준다면 5점 만점에 5점을 꽉 채워 주고 싶다. 그 정도도 부족하다는 마음이다. 교과서에 실려야 할 글이라고 생각한다. 중학교 1학년 때 진로 수업이 있었다. 주로 꿈이 무엇인가, 세상에는 어떤 직업이 있나 등을 배웠다. 이 책을 읽고 생각하니 우리가 그때 추가로 배웠어야 했던 것은 노동이 무엇인지, 왜 노동을 해야 하는지, 안전한 노동을 위해 우리가 무엇을 요구할 수 있는지, 계약서는 어떻게 쓰고, 4대 보험은 왜 중요한지, 혹시나 노동 현장에서 부당한 일을 당했을 때 누구에게 도움을 요청할 수 있는지 같은 정보였던 것 같다. 어른들이 우리에게 공부만 열심히 하면 누구나 안전한 환경에서 일하며 많은 돈을 벌 수 있다고 달콤한 말을 할 때, 이 책은 진짜 현장에서 어떤 일이 벌어지는지를 쓰디쓰게 알려 준다.

세상 모든 책이 훌륭할 수는 없는 법! 저 역시 몇 장 읽지 않고 덮어 버린 책이 꽤 있답니다. 절반 정도 읽었는데 저자의 생각에 도저히 동의할 수가 없어서 중단한 책도 있고, 표지랑 제목만 보고 아예 거들떠보지 않은 책도 있습니다.

그럼에도 끝까지 읽고 글로 쓰기로 마음먹은 책이라면 비록 스스로 선택하지 않았더라도, 추천으로 읽었거나, 수업의 지정 도서라고 해도 내 시간을 들여 읽을 가치가 있는 책일 겁니다. 학교 선생님이나 도서관 사서, 각종 기관에서 추천하는 책 중에 읽을 가치가 없거나 나쁜 책은 거의 없다고 생각해요. 상업적 이유로 추천하는 것이 아니라 학생들에게 교육적으로 가치 있는 책을 우선 추천하실 테니까요. 추천 도서, 지정 도서는 믿고 봅시다!

그렇다 할지라도 내가 선택한 책이 아니니 매번 100퍼센트 만족스러운 독서가 되지는 않을 거예요. 그럴 때 그 책의 부족한 점을 한 문단으로 써 보세요. 사소한 것이라도 괜찮습니다.

가끔 학생들과 고전을 읽을 때 이런 불만을 많이 접해요. "내용은 재밌는데 표지를 왜 이렇게 만든 거예요? 진짜 재미없어 보이잖아요." "제목이 문제예요. 어렵게 보여서 손이 안 갔단 말이에요." 어떤 책을 말하는 건지 궁금하나요?『동물농장』『아Q정전』『죄와 벌』『사람은 무엇으로 사는가』같은 책이었어요. 제가 볼 땐 정말 재밌을 것 같은 제목인데 말이죠. 이 책의 작가들은 오래전에 돌아가셨으니 조금은 맘 놓고 내용이나 주제, 서술 방식, 인물 설정 등에 대해 흠을 좀 잡아도 되겠지요? 고전 명작이라고 하면 완벽할 것 같시만, 오늘날의 관점에서 보면 받아들이기 힘든 부분이 생각보다 많습니다. 대작가라 할지라도 여러분의 날카로운 비판에서 자유로울 수 없다는 것을 보여 주세요!

채인선 작가가 쓰고 이억배 작가가 그림을 그린『손 큰 할머니의 만두 만들기』라는 그림책이 있어요. 음식을 아주 통크게 만드는 할머니가 동물 친구들과 함께 만두를 만들어 나눠 먹는 이야기예요. 듣기만 해도 기분이 좋아지는 스토리지요. 1998년에 처음 출간된 책인데 이후 내용이 살짝 바뀌었습니다. 만두소에 들어가는 재료 중 고기가 버섯으로 바뀐 것입니다. 이 책의 강연 자리에서 한 학생이 작가님께 항의했다고 해요. 멧돼지가 돼지고기를 먹는다는 것이나, 토끼, 다람쥐 같은 초식 동물이 먹는 만두에 고기를 넣는 게 이상하다는 지적이었죠. 정말 합당한 비판 아닌가요? 그래서 작가는 고기 대신 버섯을 넣는 것으로 내용을 수정했습니다. 독자의 사려 깊은 건의로 훨씬 다정하고 훌륭한 이야기가 된 것입니다.

내가 아쉽게 느꼈던 부분과 그 이유, 그럼에도 작가가 그런 선택을 한 이유까지 추측하며 생각을 확장해 보고 나중에 독후감에서 하나의 문단으로 완성해 보세요. 좋았던 점만 쓰는 것보다 훨씬 알찬 글이 될 것입니다.

『죽이고 싶은 아이』를 읽고 쓴다면

난 이 책을 세 번 읽었다. 정말 재밌어서 읽은 책은 이 책이 처음인 것 같다. 작가의 다음 책도 무조건 읽을 거다. 그래도 결말은 좀 아쉽다. 주연이가 범인이 아니어서가 아니다. 나도 명확하게 이랬으면 좋겠다고 생각하는 결말은 없지만, 그래도 뭔가 아쉽다. 가방에 맞아 떨어진 벽돌이 머리에 정확히 맞는다는 게 조금 현실성 없게 느껴졌기 때문이다. 범인 찾는 게 그렇게 중요한 내용은 아니지만, 탄성이 나오는 반전이 아니었다는 점에서 마지막에 힘이 쭉 빠졌다. 작가는 왜 이렇게 마무리를 한 걸까? 아마도 '사실이 어떻게 꾸며지는지'를 보여 주는 데 집중하고 싶었던 게 아닐까? 목격자의 진술이 재판에서 결정적인 역할을 하는데 그 진술마저 진실이 아니었음을, 그럼 우리는 어떻게 진실을 찾을 수 있을지 생각해 보길 바란 것 같다. 결과보다는 과정을 더 살펴야 진실에 좀 더 가까워질 수 있다는 것을 깨달았다. 난 책이든 영화든 결말만 궁금해했는데 앞으로는 결말에 이르는 과정을 좀 더 주의 깊게 봐야겠다.

이 책이 존재해야 하는 이유는?

저는 지금까지 두 권의 책을 냈습니다. 두 권 다 많이 팔진 못했어요. 나무에겐 다행인 걸까요? 가끔 작가들은 이런 농담을 하곤 합니다. "내 책이 세상에 나오는 게 나무에게 미안한 일은 아닐까?"라고요.

불필요하게 많이 찍고 폐기하는 일만 없다면, 나무가 책이 되는 일이 나쁘다고 할 순 없다고 스스로 위안해 봅니다. 저는 대부분의 책이 존재 가치가 있다고 생각해요. 설사 나에게는 도움 되지 않더라도 다른 사람에게는 필요한 책, 공감할 수 있는 주장일 수 있거든요.

책 읽기 싫다고 말하는 학생들에게 가끔 묻습니다. "너는 나중에 혹시 아이를 키우게 되면 그 애한테 책 읽으라고 할 거야?"라고요. 그럼 한 명도 빠짐없이 "당연하죠!"라고 대답합니다. 이유는 다양해요. "읽긴 싫지만 읽으면 도움 된다는 건 제 자신이 제일 잘 알거든요." 하는 학생이 가장 많고, "점점 독서는 희소가치가 높아질 거예요. 읽는 사람이 줄어들수록 읽는 사람이 힙해지는 거죠. 그러니까 내 아이에겐 꼭 시켜야죠!"라고 말하는 학생도 있어요.

책의 가치를 생각할 땐 두 가지 측면으로, 즉 개인적 가치와 사회적 가치로 나눠 생각해 봅니다. 예를 들어 이금이 작가의 소설 『알로하, 나의 엄마들』은 두 측면에서 모두 가치가 큰 책이라고 생각해요. 일제 강점기에 하와이로 이주한 '사진 신부'의 삶은 그 자체만으로 제게 큰 용기를 주었어요. 사실 엄밀히 말하면 사진 신부들은 사기 결혼을 당한 것이나 마찬가지였어요. 사진 속 신랑은 젊고 부유한 모습이었는데 실제 만나 보니 늙고 가난했지요. 술이나 도박에 중독된 사람도 있었고, 사진 신부가 고국으로 도망가지 못할 거란 나쁜 생각으로 폭력을 일삼는 사람도 있었습니다. 그러나 주인공들은 절망하지 않았어요. 혼자 살아남기도 벅찬 세상에서 서로를 도우며 잡은 손을 놓지 않았습니다.

제 주변에도 저마다 다른 이유로 마음에 상처를 입거나 고통 속에 사는 사람들이 있어요. 저 또한 때때로 사는 게 힘들 때가 있습니다. 그럴 때 내 손을 놓지 않을 거라고 믿을 수 있는 단 한 사람이 세상에 있다면 그래도 힘이 날 거예요. 저는 이 책을 읽고 제 자신이 다른 사람에게 그런 존재가 되겠다고 마음먹었습니다.

또 『알로하, 나의 엄마들』은 일제 강점기를 살았던 사진 신부라는, 제대로 알려지지 않았던 역사 속 사람들의 삶을 조명하는 사회적 의미도 지닌 책입니다. 여자 혼자 시장에 가는 것도 어려웠던 시절에 조선 땅을 떠나 낯선 나라, 낯선 사람들 속에 섞여 살아간 이민 1세대 여성들의 삶은, 남성 중심의 주류 역사에 묻혀 제대로 소개되지 않은 이야기였으니까요. 작가의 성실한 자료 조사와 상상이 더해져 그간 역사에 가려져 있던, 그러나 우리가 꼭 알아야 했던 여성들의 삶을 이야기로 만날 수 있었습니다.

이렇게 한 권의 책으로 내 사고를 확장하고 그 책의 가치를 생각해 봤다면 이제 글로 정리해 보기를 권합니다. 개인적인 가치와 사회적인 가치 중 하나만 써도 괜찮아요. 이 책이 나무의 희생을 딛고 존재해야 하는 이유를 설명하는 거죠.

그리고 나무 얘기가 나와서 말인데, 예전에 국립과천과학관의 당시 관장이었던 이정모 관장님이 진행한 기후 위기 강연을 들은 적이 있어요. 그 자리에서 어떤 분이 이런 질문을 했습니다.

"제가 책방을 하는데, 기후 위기가 심각한 상황에서 나무를 잘라 이렇게 많은 책을 만들고 팔아도 되나 죄책감이 들어요. 어떡하면 좋을까요?"

이정모 관장님은 "아이고, 그런 걱정을 왜 사서 하세요!"라며, 사람들이 책을 많이 읽어야 기후 위기의 심각성도 느끼고 행동하는 사람도 생긴다고, 기후 위기는 책을 많이 읽어서 오는 게 아니라 안 읽어서 오는 거니까 걱정 말고 많이 팔라고 말씀하셨어요. 나무 걱정은 접어 두고 열심히 읽고 쓰며 살기로 해요!

달라진 점을 생각하며 읽기
읽기 전과 후, 뭐가 달라졌어?
6장

어? 이거 못 보던 문인데?

우아!
좌 라 락

해리 포터
야호!

헤헤
잠깐! 저 책으로 들어가면?
이토록 독서가 쉬워지는 순간

새롭게 알게 된 건 뭐야?

여러분은 왜 지식 교양서를 읽나요? 당연히 새로운 정보와 가치관, 날카로운 문제의식과 통찰력을 얻으려고 읽는 거겠죠? 만약 책을 읽고도 아무것도 얻은 게 없다면 글자만 본 게 아닌가 돌아보세요. 그리고 다시 읽어 보세요. 한 권의 책을 읽었다면 단 하나라도 새롭게 알게 된 점이 있을 겁니다.

저는 알고 싶은 게 생기면 서점에서 어린이 대상의 책을 찾아보기도 합니다. 개념이 쉽고 친절하게 설명돼 있어서 기초 지식을 쌓기에 아주 좋거든요. 저는 과학 분야가 특히 어려운데 청소년 책만 해도 이해되지 않을 때가 있더라고요. 지식 교양서는 나이에 연연하지 말고 자기 수준에 맞게 선택해서 읽기를 권합니다. 어린이를 대상으로 만든 책에도 분명 배울 점이 많을 거예요.

청소년 과학책인 『지구가 너무도 사나운 날에는』을 읽고 '생태 통로'가 무엇인지 처음 알게 되었다는 학생이 있었습니다. 그 학생은 책을 읽기 전까지 로드킬을 당한 동물이 불쌍하긴 하지만 도로로 뛰어들어 교통사고를 일으킨 동물들 탓이고, 이로 인해 사람들이 피해를 본다고 생각했었다고 합니다. 그런데 생태 통로를 알게 되면서, 원래 동물들이 다니던 길에 인간 위주의 도로나 철도가 들어서고 길이 단절된 탓에 로드킬이 발생한다는 걸 알게 되었고, 인간 위주의 개발이 결국 동물과 인간 모두를 위험하게 했다는 사실을 깨달았다고 말했습니다. 동물이 도로와 철도의 반대편으로 안전하게 지날 수 있도록 만들어진 생태 통로가 작은 해법이 될 수 있다는 사실도요.

소설이라고 다르지 않습니다. 소설을 통해서도 지식을 얻을 수 있어요. 『알로하, 나의 엄마들』의 주인공인 버들, 홍주, 송화는 하와이에 있는 남자들의 사진만 보고 결혼했습니다. 저는 전에도 '사진 신부'의 존재는 알고 있었지만, 이들이 이렇게나 주체적인 삶을 살았다는 건 미처 몰랐습니다. 그저 가난에 못 이겨 팔려 가듯 하와이로 간 줄 알았는데, 여성을 억압하는 사회를 벗어나 자유로운 땅으로 가기 위해 배를 탄 여성들도 있었다는 걸 새롭게 알았어요. 그곳에서 술과 도박에 찌든 남편을 대신해서 가정을 이끌었을 뿐 아니라, 조선의 독립운동 자금을 모으기 위해 애썼다는 사실을 알게 된 것도 큰 수확이었습니다.

소설이든 지식 교양서든 책은 우리를 새로운 앎과 깨달음으로 이끕니다. 그리고 일단 알고 나면 몰랐던 때로 돌아갈 수 없습니다. 생태 통로를 알게 된 학생은 이제 로드킬을 당한 동물을 보면 미안한 마음부터 가지게 될 거예요. 탓하는 마음에서 미안한 마음으로 엄청난 변화가 생긴 것입니다. 아마 앞으로는 동물에게 좀 더 온정적인 시선을 보내게 되지 않을까요? 나아가 인간이 동물과 더불어 살기 위한 방법을 강구하는 사람으로 자랄 수도 있고요. 많이 아는 것은 중요합니다. 새로운 사실을 깨닫고 스스로 변화하면서 나와 세상을 위해 좋은 선택을 하는 사람이 될 기회를 얻을 수 있으니까요.

『노동 없는 미래, 새로운 복지가 필요해』를 읽고 쓴 다면

이 책을 읽고 '기본 자산' 개념을 새로이 알게 되었다. 기본 소득은 가끔 학교나 뉴스에서 들어 보기도 했는데 기본 자산은 처음 알았다. 기본 자산이란 성인이 되어 사회에 첫발을 내딛는 시점에 목돈을 주는 방식이라고 한다. 기본 자산 제도가 시행되면 부모에게 받을 것이 없는 사람도, 부모가 없어서 시설에 살던 사람도 성인이 되어 독립할 때 든든한 뒷받침을 받을 수 있을 것이다. 이미 기본 소득과 기본 자산을 시험하고 있는 국가가 있다는 점도 놀라웠다. 생각해 보니 코로나19 팬데믹 시기에 전 국민에게 주는 지원금이 있었는데 그것이 일종의 기본 소득이었다. 일하지 않는 사람에게 돈을 준다니 부정적으로만 생각했는데, 기본 소득이 주어지면 일단 생계를 해결한 뒤 앞으로 어떻게 살아갈지 미래를 계획할 여유를 가질 수 있다는 사실을 알게 됐다.

좋은 삶이란 뭘까?

사람들이 제게 책을 왜 읽느냐고 물으면 저는 이렇게 대답합니다. "더 좋은 사람이 되고 싶어서요."

어릴 때는 그냥 재미있어서 읽었고, 아는 척, 잘난 척하려고 읽었습니다. 뭔가 '있어 보이는' 사람이 되고 싶었거든요. 서른 살 무렵부터 독서하는 이유가 달라지기 시작했습니다. 평생 살던 곳을 떠나 새로운 곳으로 이사했는데 친구를 사귀고 싶어서 독서 모임을 시작했어요. 사람들하고 책 얘기를 나눠야 하니까 대충 읽을 수가 없더라고요. 나중에는 독서 지도사라는 직업을 갖게 됐고, 학생들한테 뭐라도 더 가르쳐 주려다 보니 깊이 고민하며 읽게 되었습니다.

그렇게 14년째 독서와 글쓰기가 직업인 사람으로 살아오면서 책이 주는 깨달음이 무엇인지 알게 됐어요. 그건 삶에 대한 깨달음이었습니다. 거창한 게 아니에요. 그저 책을 읽으면 읽을수록 더 좋은 사람이 되고 싶다는 마음이 커졌다는 뜻입니다. 책이 주는 지식만 흡수했다면 그저 더 잘난 척하는 사람이 되었겠지요. 그런데 책에는 지식만 있는 게 아니었어요. 지식과 생각을 혼자만 아는 게 아니라 세상 사람들과 공유하고 싶은 마음이 담겨 있었습니다. 함께 나누면 나와 남과 세상에 더 이득이 된다고 생각하는 마음이겠지요. 책은 세상이 얼마나 넓은지 얼마나 다양한 사람이 있는지도 알려 주었습니다.

읽는 것으로 끝냈다면 "재미있었다!" 혹은 "아하, 그렇구나!" 하고 순간의 감동과 깨달음으로 흘려보냈을지 모릅니다. 익히고 깨달은 것을 정리하며 글로 쓰는 과정에서 어떤 삶을 만들고 따를 것인가에 대해 논리가 보충되고 생각이 확고해졌어요. 조금씩 실천하는 것도 늘고 있고요. 물론 삶의 지침은 새로운 책을 읽을 때마다 꾸준히 업데이트되는 중입니다.

언젠가 성인반 독서 모임에서 김한민 작가의 『아무튼, 비건』을 함께 읽었어요. 이 책 덕분에 채식에 대해, 동물권에 대해 생각하게 되고 철저한 채식의 삶을 사는 비거니즘에 긍정적 관심을 갖게 되었다는 사람을 많이 만났습니다. 저 또한 그랬고요. 채소와 과일, 해초 등 식물성 음식만 먹는 완전한 채식주의를 의미하는 비건을 완벽하게 실천하진 못하지만, 전보단 육식을 줄이고 또 적게 먹으려 애쓰게 되었습니다.

삶이란 무엇인지, 삶의 어려움과 기쁨은 무엇인지, 어떤 삶이 훌륭한 삶이고 어떤 삶이 그렇지 않은 삶인지, 나는 어떤 삶을 살아야 하는지 등을 생각하게 만드는 책이야말로 좋은 책이라고 생각합니다. 여러분이 읽은 책 속 인물이나 저자 등 사람들이 지향하는 삶의 태도가 무엇인지 생각해 보세요. 책을 읽기 전과 후, 나를 바꾼 책의 가치를 알리는 좋은 생각거리이자 글감이 될 겁니다.

『긴긴밤』을 읽고 쓴다면

코끼리들이 어린 코뿔소를 돌봤다. 불운의 징조로 여겨지는 검은 점이 박힌 알을 펭귄이 품었다. 한쪽 눈이 보이지 않는 펭귄을 다른 펭귄이 보살폈다. 가족을 잃고 삶의 목적을 잃어버린 코뿔소를, 평생을 동물원에 갇혀 산 코뿔소가 다독여 주었다. 『긴긴밤』은 약한 것들이 연대하는 이야기다. 나보다 약하니까 내가 돌본다. 연약한 것이 더 연약한 것을 돌볼 때 삶은 어느 때보다 강력해진다. 사냥꾼도 폭격도 황량한 자연도, 서로 붙잡은 손을 놓게 할 수 없었다.

책의 첫 장에 "나에게 이름을 갖는 것보다 더 중요한 것을 가르쳐 준 것은 아버지들이었다."라는 문장이 나오는데, 거기서 '더 중요한 것'이 무엇인지 깨달았다. 삶에서 이름보다 더 중요한 것은 '손을 내어 주는 것'이다. 나 또한 수많은 사람이 손을 내어 주었기에 넘어진 자리에서 일어설 수 있었다. 나도 그런 어른이 되고 싶다. 손을 내주는 사랑과 내미는 손을 잡을 용기를 가진 그런 어른이 되고 싶다.

우리는 행복하게 잘 살고 싶어 한다. 대부분의 사람들이 아마 그럴 것이다. 이 책에 이런 말이 있다. "잘 살아갈 조건, 행복할 조건 같은 말에는 고개가 끄덕여졌지만 잘 살 자격, 행복할 자격 같은 말에는 '뭐라는 거야?' 하며 눈을 치뜰 것이다." 나 역시 '조건'은 잘 살아가거나 행복해지기 위해 필요한 상황이나 환경을 의미하므로 동의하고 수긍한다. 하지만 내가 행복하거나 잘 사는 일에 '자격'이 필요하다고? 말도 안 되는 소리라고 생각한다. 행복할 자격은 누구에게나 주어진다. 다른 이의 행복을 고의로 파괴하는 사람만 아니라면. 만약 누군가가 나에게 사격을 요구한다면 눈을 치뜨고 싸울 것이다. 마지막에 두현이가 독이 빠져나간 자리에 투지를 채운 이유도 그런 게 아닐까?

중학교 3학년 조승빈

초등학생 독서 수업에서 『로봇과 함께하는 세상』이라는 그림책을 함께 읽었습니다. 그 뒤 '인공 지능 때문에 생겨날 직업, 사라질 직업'에 대해 토론하던 중 열 살 아이가 말했어요.

"선생님, 인공 지능 로봇은 '아이와 노인 돌보미'에 어울리지 않아요. 사람은 아이도 되어 보고 노인도 되어 볼 수 있어서 그 상황에 공감할 수 있지만, 로봇은 무엇도 되지 않고 처음 만들어진 그대로니까 공감 못 할 것 같아요."

제겐 이 말이 깊은 울림이 있었어요. 그렇습니다. 인간은 '되어 가는 존재'입니다. 매 순간 다른 존재로 변화하고 있어요. 내가 아닌 존재가 되어 보려 애쓸 수 있는 존재이기도 하고요. 물론 쉽지는 않지만, 책을 읽다 보면 내 안의 무언가가 달라지고 있음을 깨닫는 순간이 많습니다.

저는 독서 모임을 10년 넘게 운영해 왔습니다. 정말 많은 사람을 만났죠. 그중에는 책을 평소에도 많이 읽는 사람도 있고 독서 모임에 오기 위해 겨우겨우 읽는 사람도 있었어요. 책에 대한 애정은 다 다를지 몰라도 '읽어야 한다'는 생각은 비슷했습니다. 그런데 왜 책을 읽어야 할까요?

주변을 한번 둘러보세요. 또 여러분이 살아온 시간을 떠올려 보세요. 얼마나 많은 사람과 함께했나요? 백 명? 천 명? 사실 수는 중요하지 않은 것 같아요. 그보다는 얼마나 다양한 사람과 교류했는지가 중요하지 않을까요? 그러나 우리 대부분은 그리 다양하지 않은, 비슷비슷한 사람들 속에서 살아왔을 가능성이 커요. 나이가 들수록 비슷한 사람들 사이에서 지내는 시간이 많아집니다. 비슷한 주거 환경이나 교육, 경제 수준의 사람들을 만나고 서로의 생각에 영향을 받기 때문에 비슷한 사고방식을 갖게 되지요.

그러나 세상은 빠른 속도로 변화하고, 나날이 새로운 가치 판단을 요구하는 일이 생겨납니다. 나는 여기에 얼마나 민감하게 반응하고 있을까요? 부지런히 새로운 생각을 흡수하고 때로는 나의 가치관을 수정하고 보완하고 있나요? 안타깝게도 세계가 어떻게 변하는지, 내 가치관이 무엇인지도 모르고 살아가는 사람이 많은 것 같아요. 저는 다양성을 채우고 변화에 깨어 있기에 가장 좋은 도구가 책이라고 생각합니다.

유튜브 보면 된다고요? 도움이 되긴 하죠. 그러나 유튜브 알고리즘은 내가 주체적 태도를 갖도록 내버려두지 않는답니다. 비슷한 키워드 영상 속에 갇히는 느낌이랄까요? 게다가 15초짜리 짧은 영상이 지배하는 세상에선 무언가를 천천히 깊이 고민할 수도 없죠.

책도 내 관심사만 찾아 읽으면 마찬가지라고요? 그렇지 않습니다. 가령 책에서 내가 필요한 세 줄짜리 정보를 얻어 내려고 해도 한 챕터 정도는 읽어야 합니다. 인내심을 갖고 절반 이상을 읽어 가는 과정에서 내가 의도하지 않았던, 알고 싶다는 생각조차 하지 않았던 새로운 정보나 의견도 만나게 됩니다.

한번은 책방의 성인 독서 모임에서 구희 작가의 환경 만화인 『기후위기인간』을 읽었어요. 축산업이 기후 위기에 미치는 악영향에 대한 챕터가 있었는데, 그에 대해 이야기 나누던 중 한 참여자가 이런 내용이 불편하다며 "그럼 이 작가는 고기를 먹는 것이 비윤리적인 행위라고 말하는 건가요?" 하고 따지듯 물으셨죠. 저는 "안타깝지만 환경적인 측면에서 동물권 측면에서 비윤리적이라는 건 인정해야겠지요." 라고 대답했어요. 그분은 동의할 수 없다며 고기를 먹는 사람을 부정하는 것 같아 불쾌하다고 말씀하셨습니다. 기분이 상하셔서 다음 독서 모임에 안 오시면 어쩌나 걱정했는데 이후로도 꾸준히 모임에 나오셨어요.

그분이 마지막 모임에서 말씀하시더군요. 작가의 주장이 기분 나쁘고 불편해서 자기가 옳다는 것을 보여 주려고 꾸준히 책을 읽고 독서 모임에 나왔다고요. 그런데 읽다 보니 설득당했다고 하셨어요. 그래서 채식은 못 하더라도 과하게 음식을 사지 않고, 배달 음식도 줄이고 있다고 말씀하셔서 참가자들의 박수를 받았습니다. 계속 부정할 수도 있는데 적극적으로 수용하고 변화하셨다는 점에서 아주 훌륭한 독자라고 생각했습니다. 스스로도 책을 읽은 보람이 무척 컸을 거예요.

책은 때로 불편한 이야기를 합니다. 읽어서 알게 된 이상

손톱만큼이라도 달라지는 게 생깁니다. 물론 그러지 않을 수도 있어요.

꼭 '달라지겠다'가 아니라 '달라지기로 결심했다'도 좋습니다. '달라져야 할 것 같다'도 좋고요. 그것도 어렵다면 '달라지는 사람이 많았으면 좋겠다'라고 슬쩍 피해 갑시다. 중요한 것은 지금껏 살아온 방식이 옳은가를 고민해 보는 자세입니다. "생각한 대로 살지 않으면 사는 대로 생각하게 된다."라는 말 들어 봤나요? 프랑스의 소설가이자 평론가인 폴 부르제가 한 말입니다. 주체적으로 사고하는 연습을 하지 않으면 결국 타인의 생각대로 살게 되거나 관성대로 살게 된다는 뜻입니다. 책을 읽고 생각이 바뀌었거나 가슴 깊이 울림이 있었다면 적극적으로 변화에 동참해 봅시다.

『지구가 너무도 사나운 날에는』을 읽고 쓴다면

이 책을 읽기 전엔 환경 문제라고 하면 그저 남의 일처럼 여겼다. 내가 딱히 환경을 더럽히는 일을 하는 것도 아니고, 환경을 위해 뭔가 할 수 있는 것도 없다고 생각했다. 그런데 아니었다. 나는 매일 세 끼 고기를 먹고, 차를 타고 학교와 학원에 가고, 여름에는 에어컨 온도를 아주 낮게 낮추고, 겨울에는 거위털 패딩을 입는다. 내가 하는 모든 행위가 환경 문제를 일으키고 있었다.

내가 달라진다고 세상이 달라질까? 그건 아니겠지만 나와 내 주변은 달라지겠지. 부모님께 고기를 덜 먹자고 말씀드리고, 가까운 거리는 자주 걷고, 고가의 패딩을 사 달라고 하지 않는 것으로 우리 가족은 아주 많은 변화를 겪을 것이다. 아무것도 할 수 없다고 생각할 때보다 훨씬 더 내가 이 지구의 주인이 된 듯한 기분이다. 지구가 사나워지는 데는 다 이유가 있다. 개가 사나워지는 이유가 주인에게 있듯, 지구가 사나워지는 것은 주인인 내 탓이다. 내가 변해야 한다.

이 책을 선물하고 싶은 사람은
누구야?

가끔 학생들로부터 이런 말을 들을 때가 있어요.

"이 책은 제가 아니라 우리 부모님이 읽어야 해요."

주로 청소년의 고민을 청소년의 입장에서 시원하게 풀어 낸 책일 때, 학생들이 부모님께 보여 주고 싶다고 합니다. 차마 직접 전하지 못하는 말이 있거나 혹은 책이 나보다 더 효과적으로 부모님을 설득할 수 있을 것 같을 때 책의 도움을 받고 싶은 것이겠지요. 또는 공부가 전부는 아니라고 말하는 책을 발견하면 "집에 가서 당장 부모님께 읽으라고 할 거예요!" 하고 신나 하기도 합니다. 이렇게 자기에게 이로운 이유로 남에게 책을 권할 수도 있지만 순전히 상대방을 생각하는 마음으로 책을 고르고 선물할 수도 있습니다.

2024년 10월, 스웨덴에서 아주 기쁜 소식이 들려왔죠. 한강 작가가 우리나라 최초로 노벨 문학상을 받았다는 감격스러운 뉴스였어요. 저는 책방 수업에서 한강 작가의 책을 궁금해하는 학생들에게 『소년이 온다』를 추천해 주었습니다. 한 학생이 그 책을 다 읽고 좋았는지 『채식주의자』도 구입하고는 제게 "선생님, 이거 지금 제가 읽고 있는데요, 다 읽고 빌려드릴게요. 근데 조금 조심하셔야 해요. 19금(?) 장면이 있어요."라고 하더군요. 그 학생은 열네 살이고, 저는 마흔네 살인데 말이죠. 저는 "걱정은 고마운데, 난 더 어마어마한(?) 것도 읽을 수 있는 나이란다." 하고 대답해 주었습니다. 제게 조심시키면서까지 추천하려는 이유는 아마도 그 책이 마음속 무언가를 건드렸기 때문일 거예요. 그게 무엇인지 몰라도 저와 나누려고 한 마음이 정말 고마웠답니다.

점점 책을 읽는 사람이 줄고 있다는 건 알고 있지만, 한번 상상해 봅시다. 지금 내가 읽는 이 책이 가장 필요한 사람은 누굴까 하고요. 가족이나 친구도 좋고, 다른 누군가를 상상해 보는 것도 괜찮아요.

조우리 작가의 소설 『얼토당토않고 불가해한 슬픔에 관한

1831일의 보고서』는 제목 그대로 슬픔에 관한 이야기예요. 실종된 동생 때문에 슬퍼하는 현수, 자식의 죽음을 슬퍼하는 선생님, 부모의 이혼으로 영혼의 쌍둥이라 여겼던 오빠와 헤어진 수민. 그들의 슬픔엔 공통점이 있습니다. 바로 이별과 상실로 인한 슬픔이란 점이에요.

저는 이 책을 5년 전 '나'에게 선물하고 싶습니다. 제겐 고양이 네 마리가 있었어요. 그중 다섯 살 막내를 5년 전에 잃었습니다. 더 잘해 주지 못했다는 죄책감과 너무 어린 나이에 '고양이별'로 떠나보냈다는 안타까움 때문에 많이 슬펐어요. 그런 슬픔은 살면서 처음이라 어떻게 해결해야 할지 몰라 헤맸습니다. 그때 이 책을 읽었더라면, 다들 무언가를 잃은 채로 혹은 잃을까 두려운 채로 살아가고 있다는 걸 알았을 텐데……. 그랬다면 나의 슬픔과 두려움을 다른 사람에게 털어놓고 엉엉 실컷 운 다음에 세끼 밥 꼬박꼬박 챙겨 먹으며 일상을 지켜 내자고 마음먹었을 것 같아요.

아직도 슬픔에 허우적대고 있냐고요? 물론 막내 고양이를 떠올리면 여전히 눈물이 납니다. 그러나 지금은 일상을 회복하고 남은 고양이들을 잘 돌보며 살고 있어요. 제가 슬픔을 극복한 방법은 바로 '글쓰기'였어요. 막내 고양이와 함께한 시간을 잊지 않기 위해 방에 틀어박혀 두 달 동안 글을 썼어요. 쓰는 동안 혼자 실컷 울기도 했고요. 책이 세상에 나왔을 때쯤엔 슬픔의 바다를 완전히 빠져나와 편안히 숨 쉴 수 있게 되었답니다.

책을 읽는 것도 글을 쓰는 것도 감정을 정리하고 회복하는 데 큰 도움을 줍니다. 그러니 누군가의 상황에 꼭 맞는 책은 아주 훌륭한 선물이 될 거예요. 그 사람을 떠올려 보는 것도 그 자체로 좋은 글감이 됩니다.

나는 목표하는 대학이 있다. 그곳에 들어가기가 정말 어려워서 초등학교 때부터 준비해야 한다는 말을 들었다. 서울 아이들은 이렇게 공부한다더라 하는 말을 들으면 통영에 살고 있는 나는 두렵기만 했다. 출발선부터가 다르다고, 아무리 열심히 해도 그 아이들을 따라잡을 수 없다고 막연한 불안감에 휩싸이기도 했다. 해 봤자 안 되는 거 아닌가 하고 포기하고 싶은 마음에 공부가 손에 잡히지 않을 때도 많았다. 그런데 두현이는 달랐다. 나와 비교도 안 될 만큼 큰 어려움을 겪었지만 다시 일어났다. 두현이가 강해지는 모습을 볼 때마다 나도 주먹이 불끈 쥐어지는 것 같았다. 난 이 책을 자기가 만든 불안에 갇혀 헤어 나오지 못하고 제자리만 맴도는 사람에게 선물하고 싶다. 그중 첫 번째가 바로 나다.

중학교 1학년 박민지

냥쌤의 글쓰기 팁
아는 자와 모르는 자,
한 끗 차이!
7장

개요 먼저 짜고 써야지.
곧바로 쓰면 안 돼.
네···.

시작이 어려워도
'읽은 동기'는 그만!
흐윽

STOP! 줄거리 좀
그만 써.
부글 부글

어떻게 쓰라는 거예요,
냥쌤!
후후,
팁을 알려 줘?

개요 짜기는 거꾸로!

개요 짜기 정말 귀찮죠? 어떤 분들은 마인드맵으로 짜면 쉽다고 하는데 저는 그게 더 어렵더군요. '환 공포증'이 있는지 동그라미와 가지들을 막 연결하고 있으면 왠지 모르게 오소소 소름이 돋더라고요. 학생들에게 개요표나 마인드맵 종이를 줘도 결국 "쌤,여기다 뭐 해요?" 하는 질문을 받기는 매한가지입니다. 어쩌면 글방 학생들이 글쓰기보다 싫어하는 게 개요 짜기일지도 모르겠어요.

솔직히 말하면 저도 개요를 짜지 않고 글을 씁니다. 굳이 변명을 하자면 머릿속으로 개요를 짜요. 뭘 어떻게 쓸지 오래 고민한 다음 글의 구조까지 정한 뒤 단박에 써 버리는 게

제 글쓰기 방식이에요. 그래서 글쓰기 실력이 달팽이 걸음처럼 느리게 느는 걸 수도 있습니다만.

이왕이면 정석대로 쓰는 게 좋겠죠? 개요를 짜 놓으면 글을 빨리 정확하게 쓸 수 있습니다. 나중에 미처 못 쓴 말 때문에 후회와 불면증으로 안구 충혈이 생기고, 스트레스성 변비나 과민 대장 증후군에 시달릴 불상사가 없지요. 그러니 만병통치약인 개요 짜기를 어떻게 하는지 얼른 알아봅시다!

여러분이 교과서에서 봤을 법한 개요표는 보통 아래와 같은 구조입니다.

읽은 책	
글 제목	
처음	
중간	
끝	

누구나 '읽은 책' 칸은 거침없이 쓸 거예요. 독후감이든 서평이든 쓰고자 마음먹은 학생이라면 무슨 책이든 읽었을 테니까요. 그런데 '글 제목'에서 바로 막힙니다. 시선을 확 사로잡을 엄청난 제목이 도통 생각이 안 나니까요. 일단 넘어갑시다. 이제 '처음'을 쓸 차례군요. 이런, 또 막힙니다. 엄청나게 흥미로운 첫 문장을 쓰고 싶지만 '나는 오늘 『죽이고 싶은 아이』를 읽었다.' 외엔 어떤 말도 떠오르지 않습니다. 뭐가 잘못된 걸까요?

순서가 잘못되었습니다. 여러분이 가장 먼저 생각해야 할 것은 '제목'도 '처음'도 아니에요. '끝'부터 정해야 합니다. 독후감이나 서평뿐 아니라 모든 글쓰기가 비슷합니다. 이 글이 끝나기 전에 내가 꼭 하고 싶은 말, 반드시 해야 할 말이 무엇인가를 생각하는 게 최우선인데 그것은 대개 글의 끝에 드러납니다. 중간에 나와도 좋지만, 그런 경우에도 끝에서 한 번 더 강조해 주면 더욱 전달이 잘 되겠지요.

독후감에서 '꼭 하고 싶은 말, 반드시 해야 할 말'이란 뭘까요? 바로 '글의 주제'입니다. 중심 생각이라고도 하죠. 아무리 짧은 글이라도 주제는 필요합니다. 내가 글을 쓰는 이유는 바로 주제를 전달하기 위함이니까요. 한 가지 당부할

점은 '책의 주제'와 '글의 주제'는 다르다는 거예요. 독후감은 '나의 감상'이, 서평은 '책의 가치'가 글의 주인공이란 걸 명심하세요. 책의 주제가 원석이라면, 글의 주제는 원석을 다듬은 보석입니다. 나만의 모양으로 책의 주제를 가공한 것이 내 글의 주제가 되는 것이죠.

글의 주제를 정하는 방법은 이렇습니다. 먼저 내가 읽은 책이 무엇을 다루고 있는지 핵심 소재를 파악합니다. 소재는 아마 낱말일 거예요. 그 낱말에 나의 가치 판단을 붙여 문장으로 만들어 보세요. 예를 들어 『죽이고 싶은 아이』는 사망 사건의 '진실'을 소재로 한 소설이죠. '진실'이라는 소재에 나의 가치 판단을 붙이기 위해서 질문으로 만들어 볼게요. '진실이란 무엇인가?' '진실은 존재하는가?' 같은 질문을 던지고 거기에 책을 읽고 느낀 나의 대답을 붙여 보세요. '각자의 진실이 있을 뿐, 모두의 진실이란 건 없다.'라거나 '여러 개의 사실이 겹쳐질 때 교집합의 영역이 생긴다면 그것이 진실에 가까울 것이다.'라거나 '진실을 보지 않으려는 사람들은 있지만 진실이 없는 것은 아니다.' 등 이런 식으로 소재를 이용해 질문을 만들고 그 질문에 대응하는 식으로 주제를 빚어냅니다. 서평이라면 이 책이 주제를 얼마나 잘 드러내는지, 독창적인 표현과 주장이 있는지 등을 생각해 보고 그에 대한 나의 생각과 이유를 덧붙여 보는 거죠.

주제가 정해졌다면 개요 작성표의 '끝' 칸에 써넣습니다. 그리고 곰곰이 생각합니다. 이 주제를 끌어내기 위해 어떤 근거와 설명을 '중간'에 놓으면 좋을까 하고요. 예를 들어 독후감 주제를 '진실을 보지 않으려는 사람들은 있지만 진실이 없는 것은 아니다.'라고 정했다면 어떤 문단을 쌓아서 이 말까지 나아갈지, 이른바 '빌드 업'을 하는 겁니다. 내가 잡은 주제가 마지막에 '짠' 하고 빛날 수 있게요. 자기에게 유리한 대로 진실을 편집하는 인물을 찾아 비판하는 문단을 쓸 수도 있고, 편견에 빠져 제대로 보지 못했음을 인정하는 인물을 통해 우리가 평소 어떤 태도를 가져야 할지 반성해 볼 수도 있겠네요.

'중간'까지 정했다면 이제 '처음'을 어떻게 쓸까를 고민합니다. 주제를 암시할 수 있는 말을 인용하거나, 비슷한 경험을 쓰는 것도 좋겠죠. 나쁜 소문에 휩싸여 해명하느라 고생한 경험이나 내가 소문을 전하는 역할을 했다가 혼이 난 경험을 쓸 수도 있습니다.

'처음'까지 결정했다면 마지막으로 '제목'을 정하는 겁니다. 뒤에 제목 정하는 팁도 알려드릴 텐데, 가장 중요한 건 책 제목을 그대로 쓰는 건 피하라는 것입니다. 제목을 쓰라고 하면 대부분 학생이 이렇게 씁니다. '『죽이고 싶은 아이』를 읽고'.

제발 부탁인데 이렇게 쓰지 마세요. 이건 책의 제목을 그대로 옮겨 적은 것이지 내 글의 제목이 아닙니다. 제목은 내 글의 핵심을 담거나 호기심을 자극할 수 있어야 해요. 노래 제목이나 영화 제목을 잘 생각해 보세요. 아니, 책 제목만이라도 떠올려 보세요. 책을 고를 때도 제목의 영향을 많이 받잖아요. 글의 제목을 지을 때도 내 생각이나 주제를 정확하게 담으면서도 호기심을 유발하는 제목을 고심해야 합니다.

다시 정리하면 개요 짤 때 가장 중요한 것은 개요표 순서대로 쓰는 게 아니라 정확히 그 반대로 하는 것입니다. 이렇게요.

'소재 찾기 → 소재로 질문 만들기 → 주제 정하기 → 주제를 넣어 글의 '끝' 쓰기 → 끝의 결론을 끌어낼 '중간' 쓰기 → 호기심을 확 끌어당길 '처음' 채우기 → 제목 짓기'

문단 개수는 쓰는 사람 마음이고, 써야 할 분량에 따라 다르지만 보통 '처음:중간:끝=1:3:1' 정도라고 생각해 주세요.

처음 부분은 한두 문단, 중간은 세 개에서 여섯 개 문단, 끝은 한두 문단 정도면 보기가 좋아요. 정해진 규칙은 아니지만, 되도록 중간 문단이 가장 많도록 개요를 짜 보길 바랍니다. 처음이 길면 글을 읽는 사람이 집중하기 힘들어지고, 끝이 길면 중간에 했던 말을 반복하게 될 가능성이 높아 지루해집니다. 처음과 끝은 장황하게 느껴지지 않도록 강렬한 인상을 주는 편이 좋아요. 중간 부분은 '본론'이라고도 하지요. 의견이나 감상의 구체적 근거나 예시가 설명되어야 하는 부분이라 처음과 끝에 비해 길게 쓰기를 권합니다.

시작이 어려워도
'읽은 동기'는 그만

책을 읽고 한두 시간 불꽃 튀는 대화를 나눈 뒤 "자, 이제 글 쓰자!"라고 하면 학생들이 갑자기 파도에 쓸려 가는 물미역처럼 쓰러집니다. 그러고는 하나같이 투덜거리죠. "어떻게 시작해야 할지 모르겠어요."라고요. 뭐든 시작이 어려운 법입니다. 일단 물꼬를 트면 콸콸 물을 쏟아 내듯 써 내려가는 학생이 많지만, 그런 학생조차 첫 문장을 쓰기까지는 적지 않은 시간이 걸려요.

시작이 어려우니까 다들 쉬운 길을 찾으려 하죠. 바로 '읽은 동기'를 쓰는 거예요. 저는 웬만하면 읽은 동기는 쓰지 말라고 합니다. 그러면 학생들은 "왜요? 학교에서 처음엔 읽은 동기 쓰라고 배웠는데요?” 하고 따져 묻습니다.

‘읽은 동기’라는 건 이 책을 읽게 된 이유를 말하지요. 그런데 여러분이 지금 독후감을 쓰겠다고 붙잡고 있는 그 책을 읽은 이유가 도대체 뭘까요? 대략 아래 다섯 가지 중 하나일 거예요.

1번. 쌤이 시켰잖아요!

2번. 학교 추천 도서라서.

3번. 그림이 많아서.

4번. 재밌어 보여서.

5번. 두께가 얇아서.

즉 별다른 동기가 없다는 말입니다. 그래서 독후감에 보통 이런 동기를 쓰게 됩니다.

우연히 도서관에서 이 책을 보게 되었다. 책 표지가 마음에 들었고, 제목이 왠지 흥미로워서 고르게 되었다.

하품이 나오는 시작입니다. 그럼 이건 어떤가요?

길을 가는데 누가 부르는 소리가 들렸다. "거기 아주 지적으로 보이는 학생, 날 좀 구해 줘요!" 돌아보니 기품 있어 보이는 양장본 책이 나를 부르고 있었다. "날 한번 읽어 보지 않을래요? 아무도 읽지 않는 책은 세상에서 사라지게 된답니다." 나는 책으로 손을 뻗었다. "내가 당신을 구해 줄게요."라고 말하면서.

말도 안 되는 글이라고요? 맞아요. 시시한 동기도, 허무맹랑한 동기도 좋은 시작이 아닙니다. '읽은 동기'는 내가 그 책을 선택한 이유가 분명할 때 의미가 있습니다. 우연히 그레타 툰베리에 관한 기사를 읽었는데 더 자세한 얘기가 궁금해서『열여섯 그레타, 기후 위기에 맞서다』를 읽었다거나, 요즘 들어 나 자신이 너무 싫고 불안한 기분에 휩싸일 때가 많아서 심리 관련 책을 찾다가『나는 나를 돌봅니다』를 읽었다거나 할 때 '읽은 동기'가 빛을 발하죠.

그래요, 저도 인정해요! 현실적으로는 이런 동기보다 말 그대로 학교에서 읽으라니까 읽는, 읽어야 하니까 읽는 경우가 대부분입니다. 그래서 더욱 '읽은 동기'를 첫머리에 쓰면 내 글이 심심해질 수 있어요. 다들 시작이 비슷할 테니까요. 그럴 땐 제가 1장 「책과 첫 만남, 이 책은 어떤 내용이지?」와 3장 「나를 중심으로 읽기, 나라면 어떻게 했을까?」에 넣은 질문을 읽어 보고 나만의 생각을 정리한 뒤 독후감의 머리글로 시작하기를 추천합니다. 많은 학생이 이 방법으로 자기만의 독후감을 완성했으니 속는 셈 치고 믿고 따라 봐 주세요.

인용 잘하는 법

책 한 권에는 낱말이 몇 개나 들어갈까요? 제가 예전에 원고지 600매 정도의 책을 쓴 적이 있어요. 그 안에 약 3만 개의 낱말이 들어갔습니다. 엄청난 양이죠? 수많은 낱말이 모여 독자의 심금을 울리는 명(?)문장이 되었지요.

여러 학생이 이미 그렇게 하고 있겠지만, 책을 읽으면서 의미심장한 혹은 마음에 쏙 드는 문장이 나올 때마다 밑줄을 그어 두고 간단하게나마 감상을 적어 놓으면 좋습니다. 나중에 그 문장들만 따로 읽어 봐도 좋은 생각 씨앗을 건질 수 있고 독후감에 넣을 글감으로 활용할 수도 있거든요.

구체적인 팁을 드리자면, 책에서 가장 인상적인 문장을

맨 앞에 쓴 뒤, 그 문장이 인상 깊었던 이유를 설명하면서 한 문단을 완성해 보세요. 인용문으로 독후감을 시작하는 겁니다. 소설을 읽고 쓴다면 단번에 의미가 파악되는 문장보다는 약간 추상적이고 시적인 문장이면 더욱 좋습니다. 그래야 앞으로 전개될 글에 대한 호기심을 일으킬 수 있거든요.

독후감에 인용문을 넣으면 이미 그 책을 읽은 독자는 좋은 문장을 공유한다는 느낌을 받을 수 있고, 자기가 인상 깊게 본 문장과 비교하며 독후감에 흥미를 가질 수 있어요. 책을 읽지 않은 독자라고 해도 모르는 책에 대한 간략한 소개처럼 느껴져서 글에 집중하기 좋을 겁니다.

독후감의 중간이나 끝에서 책 속 문장을 인용하면서 주제를 강조할 수도 있습니다. 주제를 담은 문장을 찾기가 너무 어렵다고요? 그럴 때는 책 뒤표지를 보세요. 출판사에서 아주 친절하게도 주제를 담은 중요한 문장을 떡하니 옮겨 놓았을 가능성이 높으니까요. 그러나 뒤표지 문장을 인용하는 사람이 많을 수 있으니까 여러 명이 같은 책으로 독후감을 쓰는 상황이라면 글이 비슷해질 수 있어요. 나만의 독후감을 쓰고 싶다면 내가 생각하는 주제를 담은 문장을 스스로 찾아보는 게 좋겠지요?

『얼토당토않고 불가해한 슬픔에 관한 1831일의 보고서』를 읽고 쓴다면

"세상엔 정말 알 수 없는 일들이 일어나니까."(10쪽)

정말 그렇다. 현수에게 그런 일이 실제로 일어났다. 마술사가 무대 위에서 갑자기 사라진 것처럼, 현수의 동생은 호텔 뒷문을 열고 사라졌다. 현수는 알고 싶었을 것이다. 동생이 기억을 잃고 다른 이름을 가진 아이로 어딘가에서 살아 있는 건 아닌지, 아니면 정말 알 수 없는 신비한 일처럼 미지의 문을 열고 다른 평행 우주로 이동한 것인지. 다만 제발 살아 있기만을 간절히 바라지 않았을까? 그런 기대감조차 시간이 흐르고 흐를수록 절망으로 바뀌었을 것이다. 알 수 없는 일에 대한 기대감은 때론 사람의 목을 조르는 거대한 슬픔이 된다.

『파리대왕』을 읽고 쓴다면

"어쩌면 야수가 살지도 몰라. 어쩌면 그건 바로 우리일 수 있어."(145쪽)

숲속에 야수가 산다는 잭의 말에 아이들이 두려움에 떨자 사이먼이 한 말이다. 야수가 바깥에 있는 게 아니라 내 마음속에 있다는 것, 즉 인간은 악한 본성을 갖고 태어났을지 모른다는 말은 바깥에 야수가 있는 것보다 훨씬 무섭게 들린다. 부족해도 먹을거리가 있고, 힘을 합하면 충분히 생존할 수 있는 환경에서 스스로 만들어 낸 공포 때문에 서로를 적으로 돌리는 아이들을 보며 책을 읽는 내내 답답했다. 하지만 내가 그 섬에 있었다면 나는 과연 선하게 행동할 수 있을까? 겁먹지 않고 이성적으로 생각하고 말할 수 있을까? 다른 아이들을 진심으로 믿고 배려힐 수 있을까? 솔직히 자신이 없다. 편안하고 안전한 환경에서 책을 읽고 있는 나와, 갑자기 원시의 무인도에 표류한 나는 완전히 다른 '나'이지 않을까? 그 속에서 내 안의 본성이 어떤 모습으로 드러날지 상상해 봤을 때, 소름이 돋았다.

중학교 3학년 박진서

명언, 격언, 속담, 사자성어
이용하기

독후감을 쓸 때 책 내용이나 주제와 관련 있는 속담이나 사자성어를 인용해 보는 것도 좋아요. 요즘은 일상에서 속담이나 사자성어를 자주 사용하지 않고 그나마도 책이나 기사에서 볼 수 있는 것 같아요. 매년 12월 연말이 되면《교수신문》에 '올해의 사자성어'가 발표됩니다. 전국의 대학교수들이 한 해를 돌아보며 투표하여 선정하는 것인데, 이를 소재로 여러 신문에 칼럼이 나오기도 하지요.

속담이나 사자성어를 알아 두면 내가 표현하고자 하는 주제를 비유적으로 적절히 드러낼 수 있어요. 예를 들어 '티끌 모아 태산'이라는 속담이 있지요? 아무리 작은 것이라도 차곡차곡 모으면 큰 것이 될 수 있다는 말인데, 한 개그맨이 "티끌을 모으면 티끌"이라고 바꿔 말하는 것을 보고 실소를 터트린 적이 있어요. 은행 이자가 연 20~30퍼센트였던 1980년대에는 저축만 잘해도 부자가 될 수 있었지만, 지금은 연 2~3퍼센트 수준이라서 저축으로 부자가 되는 길은 요원해 보입니다. 어쩌면 티끌은 모아 봤자 티끌일 뿐이라는 자조 섞인 농담이 요즘 시대에 어울리는 속담일 수도 있겠네요.

속담은 인류가 오랜 세월에 걸쳐 쌓아 온 보편적인 상식을 담은 표현이에요. 상식에 맞지 않는 속담이 있다면 서서히 사라져 더는 쓰지 않게 되었을 테니 현재 살아남은 속담은 대부분 보편성을 갖추었다고 봐도 되겠지요. 짧은 문장 안에 깊은 뜻을 함축적으로 담은 말이니 적절히 사용했을 때, 공감을 일으키기 좋고 전달하고 싶은 메시지를 단박에 이해시킬 수도 있답니다.

명언은 표준국어대사전에 따르면 "사리에 맞는 훌륭한 말"이에요. 유명한 인물의 말 중에 이치에 맞고 널리 알려진 말을 가리키기도 합니다. 예를 들어 영국의 경험주의 철학자 베이컨이 남긴 "아는 것이 힘이다." 같은 말이 명언이에요.

한편 격언은 오랜 시간 경험으로 증명되어 온 진리가 담긴 교훈이나 조언을 뜻하는데 속담과 유사하기도 합니다. 고대 그리스 델포이의 아폴론 신전 기둥에 새겨져 있었다는 "너 자신을 알라." 같은 말이 격언입니다. 명언과 격언을 인용하면 책의 주제를 길게 설명하지 않아도 효율적으로 생각을 전할 수 있습니다.

그렇다면 신조어나 유행어를 인용하는 건 어떨까요? 이 부분은 조금 고민이 됩니다. 방송이나 소셜 미디어에서 청소년과 젊은 층에게 유행하는 말을 글에 사용하는 것이 어찌 보면 아주 감각적이고 유쾌하게 느껴지기도 하지만, 다른 세대에게는 의미가 잘 전달되지 않을 우려가 있거든요. 글의 생명력이 오래가려면 단기간 유행하는 말을 남발하는 건 좋지 않아 보입니다. 그럼에도 딱 적절한 표현이 있어서 사용한다면 뜻을 잘 설명해 주는 것이 좋습니다.

『긴긴밤』을 읽고 쓴다면

 몇몇 어른들은 세상은 '약육강식'이니까 '각자도생'할 수밖에 없다고 말한다. 인간 세계도 약하면 잡아먹히는 아프리카 초원이나 마찬가지고, 친구도 다 경쟁자니까 믿으면 안 된다고, 결국 인생 혼자 사는 거라고 말이다. 나는 딱히 반박할 말도 없고 내 경험에 비추어 봐도 틀린 말은 아니라고 생각했다. 그러나 이상하게도 불편한 기분이 사라지지 않았다.

루리 작가의 『긴긴밤』 속 세계는 몇몇 어른들이 말한 것과 정반대였다. 서로가 서로를 돕고 행복을 빌어 주는 세상이었다. 치쿠와 윔보, 노든 그리고 아기 펭귄은 어떻게 그럴 수 있었을까? 어쩌면 세상을 각박하게 보는 어른들은 가족 외의 누군가에게 목적 없는 돌봄과 헌신을 받은 적도 없고 준 적도 없어서 그렇게 생각하게 된 게 아닐까? 그렇게 생각하니 그 어른들이 조금 불쌍하게 느껴졌다.

나는 이 책을 읽고 인간관계를 맺을 때 너무 이해를 따지지 말고, 돕기도 하고 의지하기도 하며 살겠다고 다짐했다. 또, 진심으로 누군가의 앞날을 응원하는 사람이 되기로 마음먹었다. 내가 먼저 그런 사람이 되어야 나도 그렇게 대우받을 테니까. '약육강식, 각자도생'보다 '함께 살기, 서로 돌봄'이라는 말이 훨씬 든든한 말이니까 그쪽을 더 믿어 보기로 했다.

중학교 1학년 김자은

제목 짓는 꿀팁

'화룡점정'이란 고사성어를 아시나요? 중국 남북조 시대 양 나라의 화백 장승요가 살아 있는 듯한 용을 그린 뒤 마지막으로 눈동자를 찍었더니 용이 그림 밖으로 튀어나와 하늘로 날아가 버렸다는 일화에서 나온 말입니다. 무슨 일을 할 때 가장 중요한 부분을 완성함을 비유적으로 이르는 말이죠. 독후감에서 용의 눈동자라면, 단연 제목입니다.

많은 학생이 제목 짓기를 어려워합니다. 글은 빨리 완성하고도 제목이 생각나지 않는다며 30분 넘게 고심하는 학생도 있답니다. 그러고는 이런 제목을 써내죠. '이 책에 대한 나의 생각'.

글을 멋지게 써 놓고 도대체 왜 그러는 걸까요? 정말 안타까워서 준비했습니다. 제목 짓는 꿀팁!(찡긋)

일단 제목은 감성적으로 짓기를 추천합니다. 소설이든 지식 교양서든 독후감은 나의 주관이 담기는 글이기 때문에 딱딱한 느낌의 제목보다는 손발이 약간 오그라들 정도로 감성 충만하게 짓는 편이 낫습니다. 학술 논문이나 실험 보고서 제목처럼 쓰지 말고 노래 제목이나 영화 제목같이 쓰는 거예요.

무슨 뜻인지 단번에 알 수 있는 직접적인 표현보다는, 내 생각을 에둘러 전한다고 생각하고 상징적이고 비유적으로 쓰는 게 좋습니다. 몇 년 전 『긴긴밤』으로 학생들과 독후감 대회를 준비할 때였습니다. 글을 마무리하면서 누가 누가 더 멋진 제목을 붙이나 대결해 보자고 했어요. '코뿔소와 펭귄의 여행' '우정과 사랑을 나눈 밤' '돌봄의 가치' 등 비슷비슷한 제목 사이에서 제가 최고로 뽑은 두 가지는 '나의 바다를 찾아서'와 '이상한 만남, 완벽한 이별'이었습니다. 제목만 봤을 때는 의미가 분명하지 않지만, 책을 읽은 사람이라면 무릎을 탁 치게 만드는 제목이었어요. 왜 그런지 궁금한 분들은 『긴긴밤』을 꼭 읽어 보세요!

또는 책에 나온 구절이나 문장을 약간 변형해서 제목으로 만들어도 좋습니다. 가령 『유토피아』를 읽고 '양이 인간을 잡아먹는 세상에서 그린 유토피아', 『유원』을 읽고 '기적의 아이가 아니라 보통의 아이로 살아가길'처럼 책과의 연관성이 단번에 느껴지는 제목을 지어 봐도 좋습니다.

그래도 감이 안 온다면 여러분 책장에 꽂힌 책의 제목을 쭉 살펴보세요. 책의 내용을 응축해 담고 있으면서도 독자의 궁금증을 끌어내는 제목이 많죠? 눈에 들어오는 제목 형식에 여러분이 쓰는 독후감의 소재나 주제어를 넣어 바꿔 보는 겁니다. 이 과정에서 좋은 아이디어가 떠오를 수도 있거든요. 혹은 『죽고 싶지만 떡볶이는 먹고 싶어』『참을 수 없는 존재의 가벼움』『전지적 독자 시점』처럼 아주 유명해서 누구나 알 만한 제목을 변형해 본다면 읽는 사람이 패러디로 받아들일 수도 있을 거예요. 다른 이의 작업을 모방하면서 내 것을 만드는 것도 효율적인 작법이자 연습법이니 한번 시도해 보세요.

'n개의 진실'
'누가 그 아이를 죽였을까'
『죽이고 싶은 아이』를 읽고

'기억에는 색이 있다'
'늘 같지 않음을 위하여'
『기억 전달자』를 읽고

'진짜 어른, 김순례 씨'
'제힘으로 살아 보려 애쓰는 삶'
『순례 주택』을 읽고

'유토피아는 어디에'
'누가 자유와 평등의 적인가'
『동물농장』을 읽고

'달려라, 돼지들!'
'거울보다 친구의 눈을 바라봐'
『돼지들』을 읽고

'나의 아버지들의 이야기'
'사막을 함께 건너갈 너에게'
『긴긴밤』을 읽고

'세상에 없는 곳을 세상에
있는 곳으로'
'우리는 모르는 세계'
『유토피아』를 읽고

'어떤 죄도 짓지 않은 앵무새에게'
'타인의 신발을 신어 보는 일'
『앵무새 죽이기』를 읽고

'새로운 미래가 온다'
'일하지 않아도 먹을 수 있는 세상'
『노동 없는 미래, 새로운 복지가
필요해』를 읽고

'알지 못하는 아이의 알아야 할 죽음'
'일하다 아무도 죽지 않는
세상을 위해'
『알지 못하는 아이의 죽음』을 읽고

'아픔이 만드는 길을
함께 걷기 위하여'
'가장 낮고 아픈 곳에 희망이 있다'
『아픔이 길이 되려면』을 읽고

'지구는 왜 화가 났을까'
'이젠 정말 시간이 없어'
『지구가 너무도 사나운 날에는』을 읽고

지식 교양서 읽고
독후감 쓰는 법

제가 이 책에서 읽고 쓰기를 말하며 중간중간 지식 교양책을 예로 들긴 했으나 주로 소설을 중심으로 설명했습니다. 그런데 초등 중등 과정에서는 소설을 읽고 쓸 일이 많지만, 고등학교에 가면 자기 진로에 맞는 지식 교양서를 읽을 일이 많아집니다. 그래서 지식 교양서를 감상 포인트와 독후감 쓰는 법을 한번 정리해 보았습니다.

지식 교양서의 분야는 매우 다양합니다. 환경, 과학, 수학, 건축, 지리, 역사, 미술, 음악, 사회, 정치, 경제, 문화, 법, 인물, 웹툰, 게임…… 이토록 분야가 많은데 분야별로 독후감 쓰는 법이 다 다르다면 이 책은 1000쪽이 넘어야겠군요. 그럼 아무도 읽지 않겠지요?

그런데 사실 지식 교양서는 소설에 비해 독후감 쓰는 방법이 더 단순합니다. 읽는 목적이 분명하기 때문이에요. 이 책을 읽고 무엇을 알게 되었는지, 그동안 잘못 알고 있었던 건 없는지, 알게 됨으로써 달라진 것은 무엇인지, 모르고 지냈다면 뭐가 문제였을지 등을 생각해 보면 됩니다. '앎'에 초점을 맞추세요.

먼저 책과 관련된 경험을 찾아봅니다. 개인적 경험도 좋지만, 사회적으로 확장할 수 있는 경험이면 더 좋아요. 뉴스를 찾아보는 게 도움이 될 겁니다. 그 경험을 책 내용과 자연스럽게 연결하면서 글을 시작해 보세요.

다음으로는 책의 내용 중 가장 인상 깊었던 부분에 대해 써 보세요. 이건 소설이든 지식 교양서든 다르지 않습니다. 어떤 분야의 책을 읽든 인상적인 부분이 최소한 하나는 있을 거예요. 읽으면서 책에 밑줄을 그어 표시하거나 해당 페이지를 접어 두는 방법도 좋습니다. 인상에 남았다는 건 뭔가 충격적이거나 새롭거나 흥미롭거나 감동적이어서겠지요? 왜 그런 느낌을 받았는지 써 보세요.

새롭게 알게 된 점도 쓰면 좋습니다. 단순히 '~을 알게 되었다'로 끝내지 말고 알게 되어 유용한 점, 변한 점, 계속 몰 랐다면 어떤 문제가 있었을지를 써서 앎이 어떤 가치가 있 는지를 표현해 주세요. 지식 교양서이니 이런 문단은 여러 개 써도 좋아요.

사회 문제를 고발한 책이라면 책에서 다룬 문제가 무엇인 지 밝히고 나의 의견을 덧붙이세요. 단 주장만 담기면 일방 적으로 보이고 생각의 깊이도 얕아 보일 수 있으니 반드시 근거를 밝혀야 해요. 책 속 자료를 활용해도 좋고 책 밖에서 추가로 자료를 모아도 좋아요. 원인과 해결책을 고민해 보는 것도 좋습니다. 그런 내용이 들어가면 문제 제기에서 그치지 않고 심화된 사고를 보여 주는 훌륭한 구성이 될 거예요.

해결책에 대해서는 3장 「나를 중심으로 읽기, 나라면 어 떻게 했을까?」에서 자세히 설명했는데, 개인적 해결과 사회 적 해결로 나누어 생각해 보면 좀 더 구체적으로 쓸 수 있습 니다. 개인적 해결책이라면 내가 실천해야 하는 내용이 될 테니 다짐의 형태로 쓰면 되고, 사회적 해결책이라면 교육, 캠페인, 법과 제도 등을 생각해 봐야 하니까 추가 자료를 찾 아보는 것도 필요하겠네요.

마지막으로 이 책을 읽고 더 알고 싶은 것은 무엇인지 써 주세요. 앎이 앎을 낳는 것이 바람직한 형태의 독서라고 할 수 있으니까요. 무엇을 더 깊이 공부해 보고 싶은지, 어떤 분야로 관심이 확대되는지를 생각하다 보면 다음 독서의 힌트를 얻을 수도 있을 거예요. 또 책이 다룬 주제에 따라서는 미래를 전망해 볼 수도 있지요. 문제가 해결되어 세상이 어떻게 변했으면 좋겠다거나, 사람들의 인식이 어떻게 달라지면 좋겠다, 사회가 어떤 방향으로 발전하길 바란다 등 이 책의 주제와 관련해서 여러분이 바라는 앞날을 상상해 보는 겁니다.

이 순서에 맞춰 생각해 보면 어떤 분야의 지식 교양서를 읽고도 두려움 없이 글을 쓸 수 있을 거예요. 배움에 초점을 맞추어 내용을 정리하고 의미를 찾아보는 것이 핵심이라는 점을 잊지 마세요!

좋은 문장 쓰는 법

글쓰기의 최종 목표라면 결국 아름답고 바른 문장을 쓰는 것이지요. 주제와 구성이 아무리 완벽해도 문장이 엉망진창이면 의미가 제대로 전달되지 않습니다. 문법적으로 올바른 문장을 구사하는 것을 넘어서 예술성까지 띠는 문장을 쓰는 방법은? 저도 잘 모릅니다, 하하! 주제도 좋고 문장도 좋은 작가의 책을 읽을 때면 저는 질투조차 느끼지 못해요. 감탄하느라 바쁘니까요.

어떻게 하면 잘 쓸 수 있을까요? 저 또한 늘 고민하고 공부하는 부분입니다. 작가를 만나면 직접 묻기도 합니다. 문장 강화 비법 좀 알려 주십시오, 하고요. 그런데 돌아오는 대답은 늘 엇비슷합니다. 어쩌면 여러분도 이미 알고 있는 방법일지 몰라요.

먼저 잘 쓴 문장을 많이 읽는 겁니다. 글을 잘 쓴다고 하는 작가는 이미 수백 명, 아니 수천 명쯤 있을 거예요. 아무 책이나 잡고 펼쳐 봐도 일단 나보단 잘 쓰는 사람일 가능성이 높아요. 그렇다고 글자만 후루룩 읽어 버리면 무엇이 좋은지 알 수 없어요. 천천히 반복해서 읽어야 합니다. 단편 소설 중 문장이 잘 읽히는 책을 찾아 여러 번 읽어 보세요. 잘 읽힌다는 건 결국 잘 쓰였기 때문이겠지요? 일단 좋은 예를 많이 봐 두는 게 중요합니다.

두 번째는 따라 써 보는 거예요. '필사'라고 합니다. 너무 귀찮은 일이지만, 많은 작가가 추천하는 방법이고 효과가 있습니다. 그런데 보통 '필사 추천'으로 검색해 보면 다소 낯선 제목의 책이 나올 수도 있어요. 성경이나 불경을 필사하는 분도 많거든요. 그냥 읽기만 하려 해도 어려운 책들이죠. 처음부터 고난도 미션에 도전하면 시작과 함께 포기하고 싶어질 테니까 여러분이 좋아하고 재미있어하는 책을 고르는 게 좋습니다.

저는 여러 책에서 좋은 부분을 발췌해 따라 써 보는 '문장

필사'를 추천하고 싶습니다. 유유출판사에서 나온 '문장 시리즈'가 있어요. 『쓰기의 말들』『소설의 첫 문장』『읽기의 말들』『공부의 말들』 등 주제별로 작가가 모은 문장과 그 문장에 얽힌 에세이가 나란히 배치된 책입니다. 필사하기에 분량도 부담이 없을 거예요. 관심 있는 주제를 골라 한 문장을 따라 써 보고, 그 문장의 의미도 곱씹어 보기를 권합니다. 필사와 독서를 동시에 할 수 있으니 그야말로 일석이조 아닌가요? 요즘은 필사를 목적으로 여러 책에서 좋은 문장만 뽑아 놓은 책도 많으니 그런 책으로 시작하는 것도 좋은 방법입니다.

그러다 자신감이 붙어 한 권을 통으로 필사하기에 도전한다면, 저는 김애란 작가의 『칼자국』을 추천합니다. 간결한 문장 안에 함축된 의미를 곱씹으며 필사의 맛을 제대로 느끼기 좋은 책이거든요. 제가 난생처음으로 전체 필사한 단편 소설이기도 하고요. 꼭 무슨 명작, 고전 이런 책만 필사해야 하는 건 아닙니다. 좋은 문장은 도서관 곳곳에서 여러분을 기다리고 있으니까요.

세 번째 방법은 여러분이 쓴 글을 고치고 또 고치는 겁니다. 유독 이 과정을 싫어하는 학생들이 있는데, 퇴고 과정을 생략하면 결코 좋은 문장을 쓸 수 없습니다. 여러분이 읽는 책은 대부분 몇 차례의 퇴고를 거친 글입니다. 작가 스스로도 많이 고치지만, 책으로 나오기 전에 편집자가 여러 번 고치니까요. 그렇게 여러 사람이 여러 번 고쳤는데도 막상 인쇄된 책엔 또 잘못된 부분이 있어요. 그러니 퇴고를 아예 안 하면 어떻게 될까요? 생각만 해도 아찔합니다. 얼굴이 온통 마라탕 빛깔이 될 정도로 부끄러운 글이 바로 처음 쓴 글, 초고입니다. 퇴고는 무조건, 반드시 해야 합니다. 할 수 있는 한 많이요.

천하제일 게으름뱅이인 저조차도 퇴고에는 열과 성을 다 합니다. 저는 퇴고할 때 반드시 소리 내어 읽습니다. 학생들을 지도할 때도 쓴 글을 소리 내 읽어 보라고 시켜요. 그러면 읽다가 여러 번 멈칫거리고 발음이 꼬입니다. 대부분 잘못 쓴 부분에서 흐름이 끊기는 거예요. 또 읽다가 숨이 차면 문장이 너무 긴 거예요. 그럴 땐 문장을 나누어야 합니다. 소리 내 읽는 게 목이 아프다고요? 텍스트를 음성으로 변환하는 앱도 있으니 적극 활용해 보기 바랍니다.

마지막으로 내가 쓴 글을 남에게 보여 주는 것도 좋은 방법입니다. 부끄러워 숨기면 절대 늘지 않아요. 다른 사람의 비판을 받아들이고 계속 고쳐 나가야 글이 늡니다. 그래서 같이 쓰는 친구가 있으면 좋죠. 서로 보여 줄 수 있으니까요.

지금까지 말씀드린 방법만 따라도 바르고 정확한 문장 쓰기가 가능할 거예요. 그러나 아름다운 문장을 쓰는 건 완전히 다른 영역이에요. 그것까지는 도저히 설명을 못 하겠어요. 애정을 갖고 수년간 갈고닦으면 도달할 수도 있고, 영원히 불가능할 수도 있습니다. 저는 사실 작가로서 그 영역은 포기했어요. 제 길이 아닌 듯해서요. 저는 단지 깔끔하고 쉽게, 욕심을 좀 더 낸다면 유쾌한 문장을 쓰는 것을 목표로 하고 있습니다.

다만 한 가지는 말씀드리고 싶어요. 문장이 투박하고 서툴러도 아름답고 멋질 수 있습니다. 화려한 기교를 부려야만 감동을 주는 건 아닙니다. 물론 미켈란젤로가 시스티나 성당 천장에 그린 그림을 보고 감탄하지 않을 사람은 없겠지요. 그러나 우리는 때로 이름 모를 사람의 평범한 낙서를 보고도 눈물을 흘리곤 합니다. 꾸미지 않고 솔직하게 자신의 삶이 드러나도록 쓴다면 소박한 감동을 불러일으킬 수 있습니다. 그러니 잘 써야 한다는 생각보다는 진심으로 쓰겠다는 마음가짐이면 좋겠어요. 일단은 마음이 시키는 대로 거칠게 써 나가는 거예요. 그 뒤에 내 생각과 마음이 더 잘 전달되려면 어떻게 써야 할까를 고민하며 고쳐 쓰다 보면 좋은 문장을 쓸 수 있을 거예요. 그 고민의 시간과 여러 번의 시도와 실패가 바로 글쓰기라는 걸 꼭 기억하기 바랍니다.

보너스 팁! 두꺼운 책, 어려운 책 읽는 법

저희 책방 수업에 책을 정말 좋아하고 나중에 작가가 되고 싶다고 말하는 학생이 있어요. 이 친구는 또래 친구들이 잘 선택하지 않는 고전 명작을 좋아하는데, 보통 그런 책은 좀 두껍고 어렵지요. 한번은 어떻게 그런 책을 잘 읽는지 물어봤어요. 이렇게 대답하더군요.

"저는 슬플 때, 화날 때 얼른 책을 집어 들고 서둘러 읽어요. 그럼 나오려던 눈물도 화도 사라지고 어느새 책 속으로 빠져들어요. 그래서 책이 두꺼우면 두꺼울수록 더 좋아요."

세상에나! 정말 부러운 능력이지요? 소설가이자 예술 평론가인 수전 손택도 비슷한 말을 했어요.

"세상이 못 견디겠으면 책을 들고 쪼그려 눕죠. 그건 내가 모든 걸 잊고 떠날 수 있게 해 주는 작은 우주선이에요."

독서가 모든 사람을 다른 세계로 훌쩍 넘어가게 해 주면 참 좋겠지만, 책만 펴면 잠드는 사람도 많고, 언제 다 읽지 하면서 남은 페이지만 세는 사람들도 많아요. 그래서 저도 학생들에게 책을 추천할 때 분량에 대해 많이 고민합니다. 1~2주 안에 다 읽고 수업을 해야 하니 아무래도 페이지가 적은 책을 고르게 됩니다. 요즘엔 200쪽만 넘어도 "너무 두꺼워요!" 하고 불만을 터트리는 학생이 많거든요. 그럴 때마다 점점 핵심만 간략히 요구하는 세상이 된 것 같아서 아쉽습니다. 핵심보다 맥락이 전달하는 게 더 많을 수도 있는데, 핵심을 맴돌며 변죽을 울리는 문장에 삶의 진실과 아름다움이 담길 수도 있는데 말이에요.

제가 앞에서 소개한 책 중에서도 쉽게 펼치기 어려운 책이 있을 거예요. 『햄릿』『유토피아』 같은 책은 고전이라 어휘가 만만치 않을 테고, 『아픔이 길이 되려면』과 『앵무새 죽이기』는 두꺼워서 벽돌처럼 묵직하게 느껴질 거예요. 이런 책은 누워서 들고 읽다 깜빡 잠이라도 들면 큰일(?) 나니까 꼭 앉아서 읽기 바랍니다.

두껍고 무거운 책이지만 꼭 읽어야만 한다면 좀 더 쉽게 읽는 방법은 없을까요? 혹시 모르는 어휘가 많아 독서 진도가 나가지 않는다면 어떻게 해야 할까요? 지식 교양서의 경우에는 사전 검색을 추천합니다. 명확한 개념을 모르면 정보나 주장을 오독할 가능성이 높거든요. 그러나 저는 시나 소설처럼 문학 작품을 읽을 때는 모르는 단어가 나와도 추측해 보라고 권하는 편입니다. 그 낱말이 주는 분위기나 감정이 어떤지 짐작해 볼 수 있거든요.

인간은 딱 아는 언어만큼만 생각할 수 있습니다. 아는 어휘의 범위를 늘려 가지 않으면 결코 고차원적인 사고를 할 수 없어요. 책을 읽을 때마다 어휘 때문에 고생한다고 생각하지 말고, 내 어휘 영토를 확장한다는 마음을 가져 보길 바랍니다.

특히 고전 문학에는 한자어나 고어도 많고, 또 책의 배경이 되는 역사를 몰라 더 어렵게 느껴지기도 합니다. 어휘 하나하나에 매달리다가는 읽다가 지칠 수 있어요. 이럴 때 저는 학생들에게 그냥 휘뚜루마뚜루 읽으라고 합니다. 전체적인 줄거리만 따라가 보라고요. 때론 줄거리조차 감이 안 온다는 학생도 있는데, 그럴 때는 인터넷 서점에 들어가서 출판사가 제공하는 책 소개를 읽어 보라고 합니다. 다른 사람들은 어떻게 읽었는지 댓글과 서평을 보면서 대략적인 내용을 짐작한 뒤에 다시 읽어도 괜찮습니다. 대충 내용을 숙지한 뒤 책을 펼치면 자신감도 생길 거고 이해가 안 되는 구절이 나와도 줄거리를 바탕으로 추측해 볼 수 있을 거예요.

『아픔이 길이 되려면』 같이 챕터가 분명히 구분되는 지식 교양서를 읽을 때는 목차를 활용해 보세요. 내가 얻고 싶은 정보, 흥미로운 소제목부터 찾아서 읽으면 됩니다. 처음부터 읽으면 가장 좋지만 반드시 그럴 필요는 없습니다. 본문을 읽기 전에 서문이나 에필로그, 작가의 말을 먼저 읽어도 좋습니다. 특히 서문에서 책을 쓴 목적이나, 각 장 내용을 요약해서 소개하기도 하기 때문에 전체 흐름을 파악하는 데 도움이 되거든요.

두꺼운 책을 읽을 때는 반드시 완독을 목표로 하기보다는 발췌독을 해도 된다는 생각으로 조금은 가볍게 접근하기를 추천합니다. 하나의 장을 읽고 또 궁금한 다른 장을 읽다가 점차 흥미가 생겨 야금야금 완독에 도달할 수도 있으니까요. 저도 이런 방식으로 수많은 '벽돌 책'을 격파했답니다.

그런 의미에서 『앵무새 죽이기』 같은 긴 소설이 가장 읽기 힘들 수도 있습니다. 내용을 미리 알고 보면 긴장감이 떨어져서 독서에 방해가 되고, 소설이니 발췌해서 읽을 수도 없지요. 어떻게 하면 좋을까요? 이럴 땐 저도 방법이 없어요. 처음부터 순서대로 몰입해서 읽는 수밖에요!

한 가지 팁을 드릴까요? 제 경험상 스마트폰을 두 시간만 꺼 두어도 우리는 충분히 책에 몰입할 수 있습니다. 말이 쉽지 실천하기는 어렵다는 거 저도 잘 압니다. 저도 스마트폰 중독인가 의심될 때가 많은 사람이거든요. 하지만 분명한 사실은 스마트폰을 옆에 둔 채로는 가족과 함께하는 즐거운 식사에도, 친구들과 나누는 신나는 수다에도, 심지어 자기 자신에게조차 집중하기 어렵다는 거예요. 매일 한 시간씩 일주일만 투자하면 『앵무새 죽이기』를 정독할 수 있어요. 제가 장담하는데 그렇게 투자한 시간의 열 배 이상을, 미래에 돌려받게 될 겁니다. 어때요, 솔깃하지 않나요?

　태어나서 처음 쓴 글은 기억나지 않지만, 제 인생에 가장 의미 있었던 글쓰기는 기억합니다. 중학교 3학년 때 학교 대표로 독후감 대회에 나가게 되었어요. 그때 지정 도서가 톨스토이의 『사람은 무엇으로 사는가』였습니다. 이 책은 하나님의 벌을 받고 지상으로 쫓겨난 천사 미하일이 세묜 부부와 함께 살면서 하나님이 주신 세 가지 질문에 대한 답을 찾아가는 이야기입니다.

　학교 대표로 나간 대회라 정말 잘 쓰고 싶었는데 이런 단순한 내용으로 어떻게 글을 쓰나, 그냥 착하게 살라는 교훈 아닌가, 잘생긴 오빠 보려고 잠깐 교회에 다닌 적은 있지만 하나님은 잘 모르는데 어쩌지 하면서 책을 읽고 또 읽었어요. 반복해서 읽었더니 처음엔 보이지 않던 것들도 보이고, 소설의 마지막 부분에서는 약간 충격을 받기도 했습니다. 하나님이 주신 질문의 답을 찾게 된 미하일의 대답 때문이었어요. 천사 미하일은 인간이 되어 자신이 살아갈 수 있었던 힘은 "지나가던 사람과 그의 아내 마음에 있는 사랑 덕분"이었다고 말합니다. 결국 인간은 "자신에 대한 염려로 살아가는 것처럼 보이지만, 사실은 사랑 하나만으로 살고 있다는 것을 이제 깨닫게 되었습니다."라고 말하죠.

당시 저는 이기적인 아이여서 친구가 별로 없었어요. 내 이익을 위해서라면 다른 사람을 이용하는 것도 괜찮다고, 아니 그게 진짜 똑똑한 사람이라고 생각했죠. 손해 보면서까지 타인을 돕거나 자신을 희생하는 건 바보 같은 일이라 여겼어요. 당시 제가 반장이었는데 별명이 독재자였으니 말 다 했죠.

그런데 톨스토이는 정반대의 이야기를 하는 거예요. 내가 살아가는 이유가 다른 이들의 마음속 사랑 덕분이라니! 무슨 뜻인지 정확히 이해했던 것 같지는 않아요. 그래도 알몸으로 떨고 있는 미하일을 보고 자기 외투를 벗어 준 세묜과, 마지막 남은 빵을 내어 준 세묜의 부인 마뜨료나를 보며 어렴풋이 깨달았던 것 같습니다. 인간의 마음 안에 이기심보다 사랑이 더 크다는 것을요. 책을 건성으로 읽었다면 몰랐을 거예요. 줄거리만 따라가면서 '아, 그렇구나.' 하고 넘어갔 겠지요. 그런데 이걸로 독후감을 쓰려니까, 게다가 학교 대 표니까 얼마나 부담을 갖고 책을 읽었겠어요. 국어 담당이었 던 담임 선생님께 질문도 많이 하고 여러 번 첨삭도 받으면 서 열심히 글을 썼습니다. 그러지 않았다면 책 안에서 작가 의 메시지를 절대 발견하지 못했을 거예요. 묻고 또 물으면 서 작가의 목소리에 귀를 기울이려 하지 않았다면 말이에요.

그렇다고 그 책을 읽은 뒤 제가 완전히 다른 사람이 된 건 아닙니다. 대학에 가고 취업을 하면서 인간에 대한 불신이 커지기도 했어요. 그러다 지쳐서 스물여덟 살에 모든 걸 그 만두고 여행을 떠났습니다. 지긋지긋한 한국과 멀리 떨어진 곳으로 가고 싶어 지구 반대편에 있는 아르헨티나를 선택했 어요. 비행기를 무려 서른한 시간이나 탔을 거예요. 그렇게 찾아간 아르헨티나에서 저는 수많은 세뇬과 마뜨료나를 만 났습니다.

당시 전 여행에 대해 아무것도 모르는 초보였고, 스페인 어는커녕 영어도 할 줄 몰랐어요. 해발 3000미터가 넘는 피 츠로이산을 여덟 시간 넘게 오르내릴 계획을 세우고는 등산 화도 챙겨 가지 않을 정도로 준비성이 없는 사람이었습니다. 당장 아르헨티나의 에세이사 공항에 내려서 어떻게 시내로 들어가야 하는지도 몰랐어요. 치안이 불안한 곳이라 겁이 나서 서성이던 그때 제 눈앞에 신기하게도 한복 입은 여성이 나타났습니다. 지구 반대편에서 한복이라니! 헛것인가 싶어 눈을 비비고 봤지만 확실히 한복이었죠. 저는 냉큼 달려가서 말을 걸었어요. 그분은 아르헨티나에 사는 교민이었는데 저를 시내까지 안전하게 데려다주었고 며칠 재워 주며 손수 밥도 해 주셨어요.

그 후로도 아르헨티나, 볼리비아, 페루를 여행한 3개월 내내 이유 없이 저를 돕는 사람들을 많이 만났습니다. 나이, 성별, 국적도 다양했어요. 말이 통하지 않는데도 제 표정만 보고(얼마나 불쌍했으면) 도와주겠다고 나서더군요. 길을 알려 주고, 먹을 것을 나눠 주고, 자기 일정을 포기하고 제 일정에 맞춰 함께 여행한 분도 계셨어요. 심지어 입고 있던 옷을 벗어 주고, 여행에 보태 쓰라며 용돈을 준 분도 계셨어요. 그분들의 사랑이 아니었다면 저는 집으로 무사히 돌아오지 못했을지도 몰라요.

그때 문득 중학교 3학년 때 읽은 톨스토이 책이 떠올랐어요. '톨스토이 할아버지 말이 사실이었네!' 하고 생각했지요.

톨스토이도 이런 경험을 한 걸까요? 자신이 알게 된 이웃의 사랑을 많은 사람에게 전하고 싶어 책을 썼고, 그걸 100년 뒤 대한민국의 제가 읽었고, 저는 독후감을 쓰고 또 여행을 하며 다시 한번 깨달은 것이죠.

매달 학생들이 읽을 책을 정하고 글쓰기를 지도할 때 톨스토이의 가르침을 전달하기 위해 애씁니다. 세상 사람들이 다 나의 경쟁자이고 올라서지 않으면 밟힐 거라고 여기는 학생들에게, 낯선 사람이 범죄자일지 모른다고 두려워하는 학생들에게, '진상'이 되지 않으면 '호구'가 될 수 있다고 긴장하는 학생들에게 저는 책을 권하고 글을 쓰게 합니다. 그 과정에서 깨닫기를 바랍니다. 경쟁자가 아닌 친구로, 잠재적 범죄자가 아닌 이웃으로, 진상도 호구도 아닌 동등한 시민으로 다른 존재를 바라보는 법을요. 그들에게도 내 마음에 있는 것과 똑같은 두려움과 사랑이 있음을 알게 되길 바랍니다. 제 수업을 듣는 학생 중 단 한 명에게라도 이 마음이 전해진다면 저는 정말 행복할 것 같아요.

책을 쓴다는 건 작가가 얻은 것을 독자에게 나누는 일이고, 독자가 책을 읽고 글을 쓴다는 것은 내가 작가에게 받은 것을 또 다른 이에게 전하는 일입니다. 나한테 준 사람에게 직접 돌려주는 행위가 아니란 점에서 일반적인 거래와 다르죠. 누가 받을지도 알 수 없어요. 19세기 러시아 작가 톨스토이가 21세기 대한민국에서 살고 있는 제게 인생의 가르침을 건넨 것처럼 말이에요. 저는 제대로 읽고 진심을 다해 글을 써서 또 다른 누군가에게 건넵니다. 유리병 안에 편지를 넣어 바다에 띄우는 심정으로요.

그래서 저는 오늘도 책방에서 학생들을 만나 읽고 쓰는 법을 나눕니다. 언젠가 여러분이 도저히 쓰지 않고는 못 배길 책을 만나길, 그리고 그때 좀 더 쉽고 재미있게 글을 쓸 수 있길 바라며 이 책을 여러분께 건넵니다. 망망대해를 떠다니는 제 유리병을 어떤 이가 건져 낼지 궁금하네요. 혹시나 이 책을 읽고 마음에 남는 것이 생긴다면 당신도 누군가를 위해 글로 써서 띄워 보길 바랍니다.

본문에서 언급한 책들을 한 번 더 정리해 보았어요. 이 책들은 청소년들에게 냥쌤이 꼭 추천하고 싶은 책이기도 합니다. 추천의 이유도 짧게 추가했으니, 읽고 마음에 드는 책을 골라 보세요.

문학책

『기억 전달자』 로이스 로리 지음, 장은수 옮김, 비룡소, 2024

출산, 직업, 감정 등 모든 것이 완벽히 통제된 미래 사회에서, 주인공 조나스가 안정된 삶을 버리고 새로운 세상을 찾아 떠나는 이야기입니다. 통제된 미래 사회라는 설정이 영화 〈아일랜드〉를 떠올리게 하더군요.

『긴긴밤』 루리 지음, 문학동네, 2021

세상 누구도 홀로 존재할 수는 없어요. 누군가의 돌봄으로 내가 살았듯 나 또한 누군가를 돌볼 의무가 있습니다. 돌봄의 연대 속에서 빛나는 생의 아름다움을 만끽할 수 있는 작품입니다.

『나는 복어』 문경민 지음, 문학동네, 2024

복싱 선수가 코너에 몰리면 일단 가드를 올리고 상대방에게 바짝 다가섭니다. 상대가 제대로 공격하지 못하도록요. '엄마의 자살, 아빠의 감옥행'이라는 인생의 코너에 몰렸을 때 두현은 피하거나 포기하는 대신 뜨끈한 복국을 가드 삼아 불행에 맞섭니다. 다 읽고 나서 "나도 한번 해 보자!" 하는 마음이 일었던 책이에요.

『동물농장』 조지 오웰 지음, 김욱동 옮김, 푸른숲주니어, 2011

신동엽 아저씨가 귀여운 동물들을 소개할 것 같은 제목에 속아(?) 책을 선택했더라도 결코 후회하지 않을 거예요. 자유와 평등을 위해 인간을 몰아내고 그들만의 유토피아를 만든 동물들. 하지만 얼마 못 가 서서히 무너지기 시작합니다. 민주주의를 파괴하는 적은 과연 누구일까요? 80여 년이 지나도 조지 오웰의 통찰이 유의미하다는 사실이 슬프네요.

『동백꽃』 김유정 지음, 문학과지성사, 2005

겉으로는 쌀쌀맞아 보이지만, 속은 따뜻한 사람이 있죠?「운수 좋은 날」의 김 첨지와「동백꽃」의 점순이가 그런 인물입니다. 고백을 앞두고 있다면 이 책을 읽어 보세요. 딱 점순이랑 반대로만 하면 됩니다!

『돼지들』 클레망틴 보베 지음, 손윤지 옮김, 천개의바람, 2020

'나 빼고 다 예쁘고 날씬해.' 소셜 미디어를 볼 때마다 이렇게 한숨짓는다면 얼른 스마트폰을 내려 두고 이 책을 집어야 합니다. 세 명의 '돼지들'을 따라서 화면 밖의 사람과 삶을 만나면 어느새 나를 사랑하게 될 거예요!

『불량한 자전거 여행』 김남중 지음, 창비, 2024

책 표지만 봐도 시큰한 땀내가 풍기는 듯합니다. 학교와 학원밖에 몰랐던 호진은 낯선 어른들과 허벅지가 터지도록 페달을 밟으면서 무엇을 깨달았을까요? 무엇 하나 잘하는 것도 없고, 앞으로 어떻게 살지 막막하다고 느낀다면 자전거 여행 끝에 호진이의 변화를 눈여겨보세요.

『사람은 무엇으로 사는가』 레프 니콜라예비치 톨스토이 지음, 홍대화 옮김, 현대지성, 2021

'사람은 (   )으로 산다.'라는 문장의 빈칸에 여러분은 어떤 말을 넣을 건가요? 가족, 돈, 음식, 공기, 사랑, 우정, 민주주의 등……. 톨스토이는 과연 어떤 말로 빈칸을 채웠을까요? 인류애 '급속 충전'이 필요한 당신께 이 책을 권합니다.

『순례 주택』 유은실 지음, 비룡소, 2021

어릴 때는 스무 살이 넘으면 어른이 되는 줄 알았어요. 그런데 '어른'이란 말의 무게는 해가 갈수록 무거워지더군요. 어떤 어른이 되어야 할지에 대한 정답지를 본 기분을 들게 하는 책입니다. 다큐멘터리 〈어른 김장하〉와 함께 보면 더 좋겠네요.

『안네의 일기』 안네 프랑크 지음, 이건영 옮김, 문예출판사, 2009

제2차 세계 대전과 나치의 광기가 극에 달했던 1942년에서 1944년까지, 안네는 은신처에 숨어 살며 일기를 썼습니다. 언제 수용소로 끌려갈지 모른다는 공포 속에서도 안네는 현실의 욕망과 미래에 대한 희망을 성실하고 진지하게, 때론 유머러스하게 씁니다. 혹시 안네가 살았던 나치 시대가 궁금하다면 영화 〈인생은 아름다워〉, 〈줄무늬 파자마를 입은 소년〉을 추천합니다.

『알로하, 나의 엄마들』 이금이 지음, 창비, 2020

가난, 차별, 폭력, 전쟁. 일제 강점기에 하와이로 이주했던 한인 여성들은 도대체 무슨 힘으로 성난 파도처럼 덮쳐 오는 이런 인생의 고난을 버텨

낸 걸까요? 거대한 파도 앞에서도 맞잡은 손을 놓지 않았던 엄마들의 삶을 좇다 보면 어느새 내 손도 누군가 잡아 주고 있었음을 알게 될 거예요.

『앵무새 죽이기』 하퍼 리 지음, 김욱동 옮김, 열린책들, 2015

거짓말을 했다고 혼이 나는 건 어쩔 수 없지만, 키가 작다고 혼난다면? 타고난 것, 어찌할 수 없는 것, 즉 나의 정체성 그 자체가 죄가 된다면 너무 부당합니다. 흑인이란 이유로 억울한 누명을 쓰게 된 톰을 변호하는 핀치 변호사의 입장에서 읽어 보며 고민이 깊어졌던 책입니다.

『얼토당토않고 불가해한 슬픔에 관한 1831일의 보고서』 조우리 지음, 문학동네, 2022

소중한 걸 잃어 본 적 있나요? 잘 잃는 법이란 건 없겠지만, 잃고 난 이후의 삶을 잘 살아가기 위해 꼭 필요한 것들이 있습니다. 슬픔의 바다에 빠져 허우적대고 있다면 이 책의 인물들이 뻗은 손을 얼른 잡아 보세요.

『위저드 베이커리』 구병모 지음, 창비, 2022

청소년 소설로 명작 시리즈를 만든다면 맨 앞자리를 차지할 소설이라고 생가합니다 기기묘묘한 빵집에서 벌어지는 잔인하고도 신비한 이야기의 맛은 가히 치명적이지요. 철학자 사르트르가 '인생은 BCD'라고 말했다죠. 탄생(Birth)과 죽음(Death) 사이 여러 선택(Choice)이 인생이라고요. 구병모 작가는 좀 다르게 말할 것 같아요. 인생은 무수한 선택에 대해 최선을 다해 책임지는 과정이라고요.

『유원』 백온유 지음, 창비, 2020

삶이 한없이 무거울 때가 있습니다. 타인의 기대를 짊어지고 살 때는 더욱 그렇지요. 자신을 살리기 위해 희생한 사람들의 몫까지 '잘' 살아야 하는 유원. 늘 추락하는 기분으로 살아가는 유원이 스스로 날아오르는 날이 올까요? 무거운 현실에 짓눌려 답답한 청소년들에게 꼭 쥐어 주고 싶은 책입니다.

『유토피아』 토머스 모어 지음, 나종일 옮김, 서해문집, 2005

한국은 빠르게 경제 강국이 된 나라입니다. 풍족해진 만큼 행복해졌을까요? 안타깝게도 여전히 불행하다고 여기는 사람이 많은 것 같아요. 모두가 행복한 세상은 어떤 세상일까요? 500년 전 영국의 정치가 토머스 모어도 같은 고민을 했습니다. 지상의 천국 유토피아, 어떤 곳인지 궁금하다면 펼쳐 보세요.

『죽이고 싶은 아이』 이꽃님 지음, 우리학교, 2021

무슨 말이 더 필요할까요? 호기심을 잡아끄는 제목, 속도감 넘치는 전개, 부담 없는 분량에 묵직한 주제까지! 스마트폰 대신 손에서 책을 놓지 못하는 진귀한 경험을 선물해 줄 거예요.

『칼자국』 김애란 글, 정수지 그림, 창비, 2018

"나는 어머니가 해 주는 음식과 함께 그 재료에 난 칼자국도 함께 삼켰다. 어두운 내 몸속에는 실로 무수한 칼자국이 새겨져 있다." 엄마 배 속에 있을 때부터 어른이 되기까지 셀 수 없을 만큼 어마어마한 음식을 먹여 나를 살린 엄마. 나의 뼈와 살, 내장 어느 하나 엄마의 칼자국이 닿지 않은 부분이 없겠지요. 누군가를 죽이는 칼이 아닌 살리는 칼을 든 엄마의 모습에서 가족의 의미를 되새기게 하는 소설입니다.

『파리대왕』 윌리엄 골딩 지음, 유종호 옮김, 민음사, 2002

이 책은 『15소년 표류기』의 '다크 버전'이라고 할 수 있는 책입니다. 작가는 전쟁 같은 거대한 폭력 앞에서 인간이 악한 본성을 드러낸다고 생각했어요. 아이조차 잔인한 본성을 숨길 수 없는 극한의 상황을 이 책으로 간접 경험해 보시기 바랍니다.

『햄릿』 윌리엄 셰익스피어 지음, 최종철 옮김, 민음사, 1998

'삼촌이 아빠를 죽이고 엄마와 결혼한다. 아빠의 원혼이 나타나 나에게 복수를 부탁한다.' 무슨 막장 드라마 스토리냐고요? 500년 전 영국 사람들도 한국 사람들만큼이나 '혼돈의 카오스' 같은 이야기를 좋아했나 봅니다. 그러나 이야기는 복수에만 치중하진 않습니다. 문학사에서 '고민 대장'으로 유명한 햄릿의 속내를 들여다보시죠!

『**가난한 아이들은 어떻게 어른이 되는가**』 강지나 지음, 돌베개, 2023

세상은 쉽게 말합니다. 게을러서, 노력을 안 해서 가난한 거라고요. 빈곤 가정의 청소년들과 그들을 10년간 지켜본 저자의 목소리를 통해 가난의 얼굴을 구체적으로 그려 봅시다. 또 가난이 왜 개인의 문제가 아닌 모두의 문제인지도 함께 고민해 봐요.

『**가장 보통의 차별**』 전혼잎 지음, 느린서재, 2023

기자로서 다양한 사람을 만나고 취재한 저자는 예민하면서도 다정한 마음으로 일상에 스며든 차별을 포착합니다. 나도 어쩌면 '차별주의자'일 수 있다고 솔직하게 인정하고 생각의 물꼬를 틔우기에 좋은 책입니다.

『**기후위기인간**』 구희 지음, 알에이치코리아, 2023

기후 위기는 너무나 거대한 문제라서 무력감이 듭니다. 나 하나 바뀐다고 달라질 건 없다며 지레 포기하게 되지요. 저자는 '떡볶이를 냄비에 포장해 오기' '샤워 시간 줄이기' '비건 요리 해 보기' 등 소소한 도전부터 시작하자고 말합니다. 완벽하지 않아도, 작은 실천이라도 해 보고 싶은 청소년에게 훌륭한 안내서가 될 책입니다.

『**노동 없는 미래, 새로운 복지가 필요해**』 김상희·김한솔·정민정·한선아 지음, 휴머니스트, 2023

AI가 인간의 일자리를 빼앗아 갈지도 모른다는 말을 들으면 기분이 어떤가요? 저는 AI보다 잘할 수 있는 게 있을지 불안하고 두렵더라고요. 홍수를 막을 수 없다면 얼른 제방을 쌓아야겠지요? 튼튼한 복지를 위해 무엇을 준비해야 할지 함께 고민해 볼 수 있는 책입니다.

『동물들의 위대한 법정』 장 뤽 포르케 글, 야체크 워즈니악 그림, 장한라 옮김, 서해문집, 2022

수리부엉이, 담비, 갯지렁이 등 멸종 위기 동물들이 법정에서 자신이 왜 살아남아야 하는가를 변론하는데 가슴이 찌릿찌릿했어요. 정작 사라져야 할 동물은 인간이라고 말할 것 같아서 두렵기도 했고요. 실제 이런 법정이 열린다면 인간은 재판관이 아니라 피고나 피의자가 되지 않을까요?

『로봇과 함께하는 세상』 소피 블리트만 글, 셀린 마니에 그림, 권지현 옮김, 주니어김영사, 2021

어린이를 위한 그림책이지만 누구나 읽어도 상관없어요. 로봇의 역사부터 로봇과 함께 살아갈 세상을 위한 새로운 윤리까지, 한 장 한 장 넘기며 주변 사람과 이야기 나누기 좋은 책입니다.

『아무튼, 비건』 김한민 지음, 위고, 2018

"식불노 고통을 느낀디는데 안 붙쌍해요?" "육식은 인간의 본능 아닌가요?" "채식한다고 세상이 달라져요?" 이런 질문을 채식주의자에게 하고 싶다면 이 책을 먼저 읽어 보시길 바라요. 채식에 대해 다정하고 생산적인 대화를 나눌 수 있게 도와줄 거예요.

『아픔이 길이 되려면』 김승섭 지음, 동아시아, 2017

질병에도 빈부 차이가 있습니다. 부유한 사람의 질병과 가난한 사람의 질병이 다르고, 질병으로 인해 삶이 무너지는 정도에도 큰 차이가 있습니다. 저자는 사회 역학이라는 생소한 분야를 소개하며, 질병과 불평등의 연관성을 밝힙니다. 불평등과 차별이 많은 이를 아프게 한다면 좀 더 평등한 세상을 만드는 것이 사람을 살리는 길이 되겠지요. 아픔이 만드는 생명의 길을 따라 함께 걸어 봅시다.

『안녕하세요, 비인간동물님들!』 남종영 지음, 북트리거, 2022

동물을 사랑한다고 말하면서 "불금엔 치킨이지!"를 외치는 자신을 보며 자괴감을 느낄 때 이 책을 펼칩니다. 인간도 동물임을, 비인간동물에게도 권리가 필요함을, 그래야 모두의 삶이 지속 가능하다는 사실을 깨닫게 될 거예요.

『알지 못하는 아이의 죽음』 은유 지음, 돌베개, 2019

청소년 노동자의 죽음에서 시작되는 폭력적인 노동 현장의 모습을 르포 형식으로 묶은 책입니다. 고객의 '편의'를 위해 노동자의 안전을 위협하는 환경에 대한 진실을 들여다볼 수 있어요. 이와 관련해서 청소년 노동자의 현실을 담은 영화 〈다음 소희〉도 추천합니다.

『인공 지능 판사는 공정할까?』 오승현 지음, 개암나무, 2023

옳고 그름을 따지려면 세상이 어떻게 돌아가는지 살피고 스스로 판단하는 연습이 필요합니다. 장애인 이동권, 소셜 미디어, 패스트 패션, 가짜 뉴스 등 사회 각 분야에서의 윤리 판단 연습을 이 책이 도울 거예요.

『인구가 줄면 정말 위험할까?』 승지홍 지음, 글담출판, 2024

저출산이 국가적 위기가 된 건 어제오늘 일이 아닙니다. 원인과 대책을 탐구하는 책은 많지만, 저출산 자체가 정말 문제인가를 다루는 책은 처음 봤어요. 세계 인구의 폭증이 지구 전체의 존망을 위협하는 상황에서 인구 위기란 무엇인지 근본적으로 사고해 볼 수 있었던 책입니다.

『지구가 너무도 사나운 날에는』 가치를꿈꾸는과학교사모임 지음, 우리학교, 2020

"지구는 참지 않아!" 지구가 말할 수 있다면 100만 번도 더 외쳤을 것 같아요. 불행히도 인간은 이제야 지구의 소리 없는 아우성에 귀 기울이고 있네요. '늦었다고 생각할 때는 진짜 늦었다.'가 되지 않도록 지구의 입장에서 무엇을 해야 할지 고민해 봅시다.

인용한 책

47쪽

『지구가 너무도 사나운 날에는』 가치를꿈꾸는과학교사모임 지음, 우리학교, 2020, 5쪽

101쪽

『유토피아』 토머스 모어 지음, 나종일 옮김, 서해문집, 2005, 29쪽

195쪽

『칼자국』 김애란 글, 정수지 그림, 창비, 2018, 8쪽

200쪽

『수전 손택의 말』 수전 손택·조너선 콧 지음, 김선형 옮김, 마음산책, 2015, 66쪽